Uma Impostora em Harvard

Uma impostora em Harvard

Faria e Silva é uma Editora do Grupo Editorial Alta Books.

ISBN: 978-65-602522-88

Produção Editorial: Grupo Editorial Alta Books
Impresso no Brasil – 1a Edição, 2025

Edição revisada conforme o Acordo Ortográfico da Língua Portuguesa de 2009.

Dados Internacionais de Catalogação na Publicação (CIP)
F99
FUX, Jacques
Uma impostora em Harvard / Jacques Fux. – São Paulo: Faria e Silva, 2025.
152 p. ; 14x21 cm
ISBN 978-65-602522-88

1. Ficção brasileira – Século XXI. 2. Romance autobiográfico. 3. Crítica social – Sátira. 4. Vida acadêmica – Ficção. 5. Identidade cultural – Narrativa pessoal. I. Título.
CDD: 869.93

ALTA BOOKS
GRUPO EDITORIAL
www.altabooks.com.br

Rua Viúva Cláudio, 291 – Bairro Industrial do Jacaré
CEP: 20.970-031 – Rio de Janeiro (RJ)
Tels.: (21) 3278-8069 / 3278-8419
www.altabooks.com.br – altabooks@altabooks.com.br
Ouvidoria: ouvidoria@altabooks.com.br

Editora afiliada à:
ASSOCIADO

JACQUES FUX

Uma Impostora em Harvard

FARIA E SILVA
EDITORA

Sumário

... há um fato extraordinário, que só a astrologia pode explicar:
o florescer de homens-gênios, em uma pequena área dos Estado Unidos,
ao longo da primeira metade do século XIX.
Prefiro, evidentemente, esta New England, que tem tanto de Old England.
Seria fácil fazer uma lista infinita de nomes.
Poderíamos mencionar Emily Dickinson, Herman Melville,
Thoureau, Emerson William James, Henry James e, é claro,
Edgar Allan Poe, que nasceu em Boston.

Jorge Luis Borges

Scrittore Impostore

Elena Ferrante

Homens-gênios, Borges? E as mulheres?
O senhor não se esqueceu de Harriet Stowe, Louisa Alcott,
Edith Wharton, Edna Milla e Sarah Jewett?

Dra. M. K.

1

De 1636 a 2012

Harvard foi fundada em 1636, na cidade de Cambridge, estado de Massachusetts, por machões puritanos que desejavam estabelecer um local para o treinamento e formação de novos clérigos (e outras coisinhas proibidas). Apesar de 8 ex-presidentes norte-americanos se graduarem nessa universidade e mais de 150 ganhadores do Nobel terem sido filiados à instituição, não encontramos nenhuma mulher nesse universo. Apenas em 1920, a primeira mulher foi aceita como aluna na Faculdade de Educação.

No início do século XX, alguns professores (homens) adotaram a eugenia como doutrina vigente e discursos clamavam por esterilizações forçadas de parte da população. Não bastasse essa vergonha histórica, alguns dos ex-alunos (homens), que se tornaram políticos (homens), levaram esse pensamento ao Congresso e a outros cargos do governo. Nos anos de 1930, com a insurgência de discursos de ódio na Europa, outros ex-estudantes sectários (homens) formaram a Liga de Restrição à Imigração e fizeram bastante estrago. Mesmo relativizando o momento histórico e seu anacronismo, esses atos infames perduraram por décadas. Em 2015, a primeira mulher a assumir o cargo de presidente de Harvard (por reparação ou por vergonha histórica?), Drew Faust, teve coragem de enfrentar algo velado: quase um terço das alunas de graduação sofreu algum tipo de agressão sexual, sendo que mais de três quartos dessas agressões ocorreram nos dormitórios da instituição. Já em 2024, Claudine Gay, a primeira pessoa negra a se tornar reitora, se viu obrigada a renunciar em meio a polêmicas e perseguições racistas, antijudaicas e misóginas.

Com certeza, eu só poderia me sentir uma impostora por lá (sentimento que homens não compartilham).

Mas chega de falar dos homens.

Confesso que não conhecia nenhuma dessas infâmias; a verdade é que nem sabia onde ficava Harvard. Pensava que seria uma coisa do tipo Terra do Nunca, País das Maravilhas ou Macondo. Imaginava que numa das cavernas de Harvard (cavernas?) tinha sido filmado o *Sociedade dos poetas mortos* e que todo dia (os homens) recitavam "Oh Captain my Captain" e outros versos de Whitman. Também acreditava que ninguém transava por lá (só assediava), afinal, a *intelligentsia* não teria tempo para essas superficialidades; eles precisavam ganhar a maioria dos prêmios Nobel, Pullitzer, Marshall.

Mas, estava enganada! No meu caso, transei com quem quis... o poder de um sorriso diante de um sexo fraco.

A ideia de ir para Harvard surgiu durante um período de diversão literária em Nova York. Tinha economizado minha bolsa de doutorado e decidi viajar uns meses para realizar pesquisas para um pós-doutorado. Nunca havia visitado Nova York e fiz a péssima escolha de ir durante o verão. Nesse período, um calor e um bafo sufocante pairam sobre os famosos bulevares — além de um fedor vindo dos esgotos. Dante teria criado um circulozinho especial para NY se tivesse passado o verão por lá. A "cidade que nunca dorme" não dorme por conta da fedentina.

Apesar de suar initerruptamente, gostava de caminhar como uma *malodorante flâneuse* pelas ruas abarrotadas de turistas com suas sacolas de compras e mais compras, conversando sobre promoções e passando os dias em *shopping malls*. Confesso que fui doutrinada por essa legião e me vi cheia de sacolas numa excursão que fiz a um *outlet*.

Teria me entregado ao consumismo se o acaso não tivesse me jogado para dentro de um ar-condicionado. Quase desfalecendo nas ruas da Union Square, entrei para me refrescar no primeiro lugar que vi. E qual não foi minha surpresa quando percebi que estava num sebo da Broadway 828 — a Strand Bookstore —, com mais de trinta e sete quilômetros de corredores e prateleiras, e dois milhões e meio de livros.

A partir de então, a minha estada em Nova York passou a ser dentro desse labirinto. Desejava encontrar ou ser encontrada por um livro misterioso que pudesse dar rima e rumo aos meus sonhos literários. Cada dia era diferente do outro: novos corredores com os mais variados títulos, gêneros, autores e mentiras. Mesmo que tentasse percorrer o caminho do dia anterior, era impossível revisitá-lo. Parecia que a minha vida ia se tornando um *Livro de areia*, com letras e descobertas infinitas. Assim, submersa nesses delírios, fui escolhida por um exemplar que me levaria a Harvard.

Dos muitos livros comprados que não li, um tratava do meu tema de pesquisa: a memória e o trauma na literatura francesa. Esse trabalho apresentava uma teoria inovadora, uma narrativa instigante e havia sido escrito por uma pesquisadora premiada — até a Legião de Honra Francesa a professora Susan Suleiman tinha recebido das mãos de Emmanuel Macron. Entre os milhões de livros da Strand, o acaso me elegeu: Suleiman se tornaria a minha supervisora em Harvard.

Mas aí começa toda a minha inocência: achei que era só seguir a professora pelo seu *rabbit hole*, contar das minhas publicações e vitórias (suadas), que assim seria aceita nesse País das Maravilhas.

Grande, grande engano.

Enfim, ser mulher, escritora e pesquisadora é exercitar a arte da rejeição, do fracasso e a pior de todas as respostas: o silêncio. Os detentores (homens) dos pequenos (falos) poderes (podres), em berço esplêndido (da mamãe), têm o costume de não responder às mensagens — ou, se respondem, resolvem nos explicar (*mansplaining*) demais, dar uns *likes* nas nossas fotos e nos convidar para uma "tutoria" com "vinho". Se não damos abertura, então estão atarefados e sem interesse no nosso trabalho. Hoje, fico muito feliz ao receber respostas automáticas da *The New Yorker* e da *The Paris Review* se desculpando por não publicarem meus contos — ao menos uma inteligência artificial teve o trabalho de ler meu manuscrito, analisá-lo com respeito e recusá-lo. (O pior é saber que a inteligência artificial tem "vieses"; textos escritos por homens brancos têm mais chances de passar pelos primeiros crivos dessa máquina machista).

Passei um tempo sofrendo com o silêncio da legionária Suleiman, mas, mesmo sem esperanças, decidi não me dar por vencida. Comecei a escrever para professores das universidades brasileiras que podiam conhecer alguém em Harvard e abrir uma porta. Novamente me enganei: quem tem esses contatos não compartilha (mas não perde a oportunidade de convidar para um café ou vinho); guarda-os como o Gollum no *Senhor dos Anéis*, *my precious ring*, ou como uma criancinha na fase anal. Mais uma jornada de silêncios.

Foi então que tive uma luz: minha tese de doutorado fora premiada (também me senti uma impostora quando isso aconteceu). Como fiz uma cotutela, tive duas orientadoras — e me lembrei da francesa, Christelle Reggiani —, que, apesar de criticar meu francês macarrônico, sempre admirou meu trabalho.

Escrevi sem papas na língua e, com uma rapidez surpreendente, Christelle entrou em contato com a colega norte-americana. Dois dias depois, um e-mail da professora Susan Suleiman chegava ao meu spam — afinal, nem a inteligência artificial acreditou que eu receberia uma mensagem de Harvard.

Cartas à jovem impostora

K, sei que você se sente como uma atriz escalada para a estreia de uma peça a qual não ensaiou. Que o teatro está lotado e todos esperam uma atuação brilhante, sendo que você não faz nem ideia de como isso pôde acontecer. Sei que você sente as conquistas obscurecidas pela sensação de não merecimento. Angústia sempre presente. Imagino que cada vitória é desmerecida, enquanto a derrota é até comemorada no seu íntimo. Um duelo entre o ego e o superego que internaliza normas sociais e expectativas externas, e se torna uma fonte de julgamento implacável transformando a sua conquista em uma ilusão passageira e o fracasso em uma confirmação da própria inadequação. É uma luta-dança entre autoimagem e autoestima. As escritoras e pesquisadoras que experimentam essas sensações navegam em um mar de incertezas e só descansam quando se fragmentam.

Dra. M. K.

2

O secretário de Harvard

A etimologia de "secretária" é perversa: vem do latim, *secretariu*, e uma primeira acepção se refere a um lugar ou a um tempo afastado. Também alude à suposta sala de reuniões invisível aos olhos, mas presente na imaginação e no recalque, onde juízes e tribunais clandestinos (masculinos) deliberavam e executavam práticas libertinas, assédios e abusos dos mais variados.

No latim medieval, a acepção mais comum de "secretária" está relacionada a uma pessoa próxima a quem se pode confiar (e mostrar) segredos. De forma conotativa, associa-se a um fascínio sexual: uma "secretária ou secretário" chama a atenção num escritório, numa casa de swing, numa festa à fantasia ou em qualquer carnaval que se preze. Por isso, os reprimidos norte-americanos proibiram o uso da palavra; falar "secretária" passou a ser abusivo, sendo substituído por "assistente executiva". No Brasil, no entanto, ainda empregamos o verbete para quase tudo e com as mais férteis conotações (e abusos).

Seja "secretária ou secretário" ou "assistente executiva ou executivo", são eles que governam o nosso destino.

Após o recebimento do e-mail, contava para todos os ventos, mesmo morrendo de medo de terem se confundido, da minha admissão em Harvard. Decidi dar uma festa (a última que tinha organizado ficou registrada nos anais da *Maison du Brésil*). Essa *Maison* onde morei, criada para ser um microcosmo da cultura brasileira em Paris, foi concebida por Le Corbusier e Lúcio Costa. Inaugurada em 1959, é uma das 23 residências internacionais da *Cité Universitaire* e funciona como casa temporária para acadêmicos, estudantes e artistas brasileiros. Muitos notórios pesquisadores passaram por lá — Ruth Cardoso, Sebastião Salgado, Arthur Moreira Lima, Zuenir Ventura, Antônio Abujamra —, e alguns gostam de recordá-la como "o bunker da perdição" ou "a Terra do Nunca". Foi na *Maison*, minha *Paris é uma festa*, onde vivi sonhos, encontros e desencontros — e onde almejei me tornar escritora. Desejava que a comemoração pela minha entrada em Harvard fosse parecida com essa que ocorreu na Cafeteria da *Maison du Brésil*, mas não aconteceu nada disso. Inclusive esse famigerado evento de 2010 quase comprometeu a minha ida para Harvard, em 2012.

Lembro-me desse evento: DJ Paulinho Carioca engendrou uma *playlist*. Primeiro, sambinhas para que todos pudessem conversar e se entreter enquanto a bebida desfraldava os mimadinhos; depois, um funk para que os *geeks* libertassem os desarmonizados quadris e se atracassem; e, por fim, um rock psicodélico convocando à copula. Durante o sambinha, flertava com muitos garotos, inclusive com Romain, um francesinho de Sorbonne com quem já trocava sorrisos, beijos escondidos e bate-papos literários. Eu estava decidida a passar a noite com ele, e o efeito do álcool ainda acirrava minha libido. Lembro-me de que nos beijávamos ao som de alguma música do Bonde do Tigrão e, quando estávamos prontos para uma brincadeira de corpos (e na torcida para que eu fosse premiada com um orgasmo; no primeiro encontro, apenas 10% das mulheres gozam, não por falta de vontade, mas por inabilidade e egoísmo do "macho alfa"), dei uma passada no banheiro da cafeteria. Lá, acabei me enroscando com um brasileiro — por sinal, muito parecido com o francês — e o sequestrei para o meu castelo-quarto de $14m^2$ com vista microscópica para a Torre Eiffel ao som da batida de Pink Floyd (infelizmente, me tornei parte do grupo das 90% não gozantes).

Teria sido ridículo se apenas houvesse restado um constrangimento com o francês. Porém, anos depois, nos reencontraríamos: ele como o secretário — ou melhor, assistente executivo — responsável pela minha recepção em Harvard. E esses homens, quando preteridos, ficam com o ego ferido e se tornam vingativos e ainda mais idiotas.

Após o aceite formal da minha *sponsor*, deveria receber do secretário do departamento uma carta convite e o pedido oficial para que meu visto de pesquisadora fosse emitido pela Embaixada Norte-Americana. A universidade mais renomada do mundo deveria ser, imaginava, a mais eficiente e com os funcionários mais prestativos. Certo? Não. Foram muitas noites em claro à espera de uma resposta, de um "Dear Doctor K". Ansiedade, frustração e raiva foram tomando conta de mim: neurótica, inventei cenários apocalípticos. Tive sonhos agressivos e eróticos, ao estilo do filme *A secretária*. Era, sem dúvida, o meu inconsciente-vidente se manifestando.

Nesse libidinoso longa-metragem, Steven Shainberg peregrina pela intimidade e o concubinato inerentes à ideia de "secretária". Partindo do conto da escritora Mary Gaitskill, o filme e os meus sonhos teciam uma rede intricada de sátira pornográfica sobre as relações de poder e sexualização num ambiente de trabalho. No filme, a senhorita Lee, secretária de um pequeno escritório de advocacia, tem a pulsão por cometer erros de digitação para que seu chefe, o senhor Grey, seja "obrigado" a curvá-la sobre uma mesa e aplicar-lhe um castigo. Já em meu sonho, o assistente executivo de Harvard escondia propositalmente a carta da professora Suleiman enquanto eu o obrigava a rastejar encoleirado, e com um *gag ball*, pelo seu escritório à beira do Charles River. Eu, de posse de um chicote — e ele tentando rasgar a minha preciosa carta de aceite —, o esbofeteava gritando "Go faster, go faster!", enquanto ele urinava na minha carta de aceite. Então, eu acordava suada e ia correndo checar os e-mails. Infelizmente, não havia nada, apenas alguns spams me direcionando para lojas com artigos sadomasoquistas.

Qual segredo o secretário de Harvard guardava? Será que havia algum problema com o meu *application*? A minha insegurança me apavorava.

Então, não aguentando mais, escrevi outro e-mail, desta vez com cópia para a professora Suleiman, mesmo sabendo que pareceria rude. Duas horas depois, chegou uma resposta somente para mim: "Dear Doctor K, desculpe pela demora. Em anexo, a Sra. encontrará a confirmação de sua aceitação no Programa Romance, Languages and Literatures e os documentos para o pedido de visto. Sincerely, Romain."

Ufa, que alívio, que alegria! Agora não tinha mais volta. *Harvard, here I go!*

Ao chegar em Harvard, me dei conta de que esse Romain era o mesmo da *Maison du Brésil* de 2010 — aquele que deixei plantado na cafeteria. E esse secretário administrativo fez da minha vida um pequeno inferno por lá. Mesmo sem gozar, foi melhor ter "subido" com o brasileiro.

À jovem fetichista

K, os fetiches envolvendo secretários mergulham em um reino de desejo e submissão. Libido e poder no ambiente de trabalho iluminam a natureza humana e as estruturas sociais. O fetiche em si é um fenômeno intrigante; surge quando uma pessoa desloca a libido para objetos, situações ou partes do corpo não sexualizadas. No caso dos secretários, o fetiche está na figura da autoridade, na dinâmica empregador-empregado, ou mesmo nas atividades associadas ao papel do secretário. Tanto a submissão quanto o desejo de subverter essa dinâmica transformam o secretário em um parceiro perfeito de um jogo erótico.

Nos corredores dos escritórios e do inconsciente, dramas edípicos se desenrolam como defesa contra a castração simbólica, como diria Freud. Adentrando-se nos labirintos do desejo e da linguagem lacaniana, o secretário, com sua caneta na mão, seu computador e sua voz suave, encarna o objeto a ser alcançado e o falo faltoso a ser conquistado. Para Foucault, os jogos de dominação e submissão revelam as dinâmicas entre o objeto e o desejo. Para Deleuze, desejo e resistência habitam a aura do secretário, além do mistério e da indiferença desafiando as normas. Figura de transgressão, símbolo da liberdade e da autonomia que se recusa a se curvar diante das expectativas sociais, o fetiche da escritora-impostora é um gesto de rebelião contra as estruturas de controle e opressão.

Dra. M. K.

3

Com Hemingway em Buenos Aires

Durante o meu doutorado, além das festas em Paris, passei um período em Buenos Aires pesquisando a obra de Jorge Luis Borges e desatenta para as contingências que me levariam a Harvard. Para uma escritora, acaso e imaginação andam juntos, de mãos dadas, em perene disputa; é preciso estar atenta para a vida que se desperta em forma de prosa, e para a palavra que se engendra em molde de verso: fazeres distintos, embora indissociavelmente entrelaçados.

Em 2008, buscar por aluguéis temporários na internet não era uma tarefa fácil e as chances de cair numa furada eram reais. Pesquisei no *Craigslist*, que na época não classificava a informação e podia te levar para o subterrâneo da web. O primeiro lugar que visitei não era bom: fui acompanhada de um portenho-paraguaio — que me olhava de cima a baixo como se eu fosse uma mercadoria *brasileña* para consumo — a um apartamento minúsculo, sem banheiro, mas com vista para o famoso Cemitério da Recoleta. Recusei todas as ofertas — do aluguel, do café "romântico" e do beijo molhado e abusivo de *hasta luego*.

Depois de árdua labuta cibernética, encontrei outro lugar na Recoleta. Fui visitá-lo acompanhado de um corretor parecido com um *fama* de Cortázar e, sem dar muita atenção, apesar do alerta de amigas para tomar cuidado, pois os lugares nesse bairro estavam "caindo aos pedaços", aluguei um quarto-sala adiantando o valor por todo o período de locação. Era uma sexta-feira chuvosa, e eu não tinha nenhum compromisso, além de me divertir com a *História de cronópios e de famas* e *Estranhas ocupações*, do Cortázar.

Após duas horas de leitura, e inspirada na "consecução de fins úteis", fiz como um dos personagens do conto: tirei um fio do meu cabelo, dei um nó e joguei na pia do banheiro, abrindo a torneira para deixá-lo partir. Em seguida (se a vida imitasse a arte), a brincadeira seria a de recuperar o tal fio mais à frente no sistema hidráulico.

Porém, na hora de dar a descarga, pressionei-a com tanta força que fez com que os canos se rompessem. De volta à realidade, parecia que estava na parte portenha das Cataratas: foi tanta água escorrendo que as tumbas das Ocampo, de Casares, Quiroga e Girondo, repousando ali pertinho no cemitério, tremeram. De fato, a futura escritora brasileira pagava seus tributos à literatura argentina.

Depois de exercitar pelo telefone todo o espanhol que não dominava, implorei para que não me deixassem naquele apartamento pelo fim de semana sem poder ir ao banheiro — isso sim seria uma catástrofe. Comovido, o corretor me devolveu o dinheiro, mas não se esqueceu de me convidar para um tango com vinho. Recusando com muitos sorrisos (para não perder meu depósito), voltei a procurar outro lugar para morar.

De novo, navegando pelos suspeitos mares do *Craigslist*, encontrei uma casa que alugava quartos em Palermo Soho, bem perto da *calle* Borges e da Plaza Cortázar. Nada mais inspirador do que viver engendrada em versos e vias literárias. Visitei o local, dei dezoito descargas (mandinga cabalista), fiz um test drive na cama (ali eu iria gozar, *ojalá!*) e, animada, aluguei o quarto.

Durante o sábado, passeei pelas ruas de Alejandra Pizarnik, Alfonsina Storni, Borges, Cortázar, Silvina e Vitória Ocampo e tantos outros. Não tive nenhuma epifania e nem alguma ideia genial como eles, mas enchi minha mochila de livros, pensamentos e esperanças.

Voltei tarde para casa e uma festa estava acontecendo. Era gente dançando e se divertindo. *Buenos Aires é uma festa (gay)*; certamente teria escrito esse livro ao me dar conta de que estava nessa balada. Foi ótimo: aproveitei, bebi bastante e amanheci descabelada com uma *boludita guapa* no meu quarto.

Com ressaca e sem saber bem o que tinha feito e acontecido na noite anterior, surgiu o dono da casa me pedindo ajuda durante o café da manhã. Disse que precisava transferir as fotos do celular para o computador, mas não estava conseguindo. Quando abri o diretório com as fotos privadas do *pelotudo*, *carajo!*, quase fui atingida por um pau voador. Ele tinha uma coleção bem particular, talvez "A biblioteca de Babel dos falos", com pintos de todos os modelos, cores, tamanhos, curvaturas e glandes. Até engasguei — não por um pinto voador; só susto.

O papo fálico rendeu! Aprendi muito com ele — e ele comigo. Viramos as melhores "amigas".

Bueno, mas não é só de festa (gay) que vive uma pesquisadora. Tinha que fazer minhas *investigaciones* para o doutorado. Já havia iniciado uma pesquisa sobre a Cabala e Borges e precisava desenvolvê-la. A Cabala, mais uma das inúmeras disciplinas proibidas para as mulheres, também pode ser vista como uma teoria da escrita com o objetivo de penetrar na vida interior de um autor-deus (por que não de uma autora-deusa?) e na consciência humana do leitor. Minhas descobertas já haviam mostrado os conceitos cabalísticos que Borges utilizou para fazer uma conexão ficcional com sua literatura: a ideia de um livro sagrado, perfeito, infinito e exato concebido por um autor deificado para um leitor investigativo.

Fui apresentada a uma professora, especialista em Borges, que se interessou por essas pesquisas e me convidou para dar uma palestra na New York University, *campus* Buenos Aires. Depois de dias sem dormir por receio de falar assuntos tão abstratos, e também pelas constantes *fiestas* com os *mis amigos boludos*, cheguei na *calle* Thomas Manuel de Anchorena esperando uma recepção calorosa, ou, pelo menos, receber um pró-labore. Nada disso aconteceu (tenho certeza de que, se um homem ministrasse essa aula, teria sido remunerado).

Já quase fugindo dali, um jovem estudante, com um bigode lúdico e comprido, amálgama dos *moustaches* de Proust, Stevenson e Maupassant, apresentou-se sorridente e me disse com um sotaque norte-americano: "Hola, me llamo Ernest. Placer conocerte."

Da palestra e da Cabala, não me lembro de nada. Estava enfeitiçada pelo *moustache* daquele garoto sete anos mais novo do que eu. Mas esse encontro, esse acaso com o homem-bigode, conduziu-me por outras veredas. Ernest se tornaria meu companheiro, meu amor livre pelas *calles* de Buenos Aires e pelos sonhos em Harvard.

Uma vez em Buenos Aires, tínhamos que conhecer os tigres labirínticos retratados com encantamento por Borges. Animal mitológico, com listras cabalísticas e hipnóticas; tigre-tempo-rio, detentor de toda sabedoria e filosofia, conhecedor do passado e do futuro em busca de um presente fugidio e inexistente. Tigre de Blake e tantos outros. Ernest e *yo* visitamos o zoológico e percorremos os labirintos do rio. Observamos o tigre literário, poético, profético — tigre triste, confinado, isolado, desnutrido e fraco: "Iba y venía, delicado y fatal, cargado de infinita energía, del otro lado de los firmes barrotes y todos lo mirábamos. Pensamos que era sanguinario y hermoso. Norah, una niña, dijo: Está hecho para el amor." De barco, vagamos pelo rio e pelo tempo. Rio sujo, escuro, cinzento — fruto do progresso, da certeza de que o ser humano é o vírus do planeta. Tigre de um destino, da irreversibilidade dos fatos, dos atos, das palavras. Profundezas do idílio, fracasso dos encontros: "El tiempo es la substancia de que estoy hecho. El tiempo es un río que me arrebata, pero yo soy el río; es un tigre que me destroza, pero yo soy el tigre; es un fuego que me consume, pero yo soy el fuego. El mundo, desgraciadamente, es real; yo, desgraciadamente, soy Borges." Éramos, Ernest e *yo*, desgraçadamente apaixonados, encarando a literatura como uma vertente da vida, e não como um simulacro da nossa infâmia.

Os encontros abrem bifurcações, passagens, possibilidades e desvios. Anos depois, em 2011, após me perder por entre as veredas infinitas do Strand Bookstore, viajei para reencontrar Ernest em sua cidade natal, Horton Bay.

Não sabia nada sobre esse lugar e desconhecia a sua história. Após pegar dois voos e horas de carro, cheguei à essa cidadezinha quase sagrada onde Ernest Hemingway passava seus verões durante a infância. E foi na "cama do defunto" que dormimos algumas noites, sonhando com a literatura, encarando as armas, glórias e festas que um dia poderíamos abraçar. (Ernest faz parte desses raros 10% dos homens que enxergam o sexo como uma parceria, uma troca, não como um ato individual e apressado).

Ernest herdou o nome em homenagem ao escritor. Seu pai, James Hartwell, um senhor sempre à procura de *good deals*, rodadas duplas de cerveja e karaokês secretos, tinha duas paixões: Hemingway, de quem era parente distante e dizia, com orgulho, que seu avô o havia ensinado a pescar; e as belezas naturais das Filipinas (ele era filho de uma linguista filipina erradicada nos EUA que havia sido casada com James até falecer). Eles tinham uma casa-pousada de veraneio, perto da mítica baía, cujo primeiro andar era uma livraria que vendia somente obras do escritor ou relacionadas a ele. Local de peregrinação e devoção dos fãs de todo o mundo.

Estar em carne e osso nesse vilarejo era me transformar em personagem literária. Era ter a oportunidade de mergulhar nas polêmicas baías da ficção. Os "horton bays", assim Hemingway retratava pejorativamente os moradores da enseada, ficaram ofendidos com as narrativas do escritor. Ninguém se importaria se ele descrevesse a famosa pesca das trutas no norte do Michigan ou os mergulhos que atraíam os turistas àquela área durante o verão. O que incomodou — o que de fato desnorteia na autoficção — foi o acesso indelicado da fantasia à indecorosa possibilidade do real. Hemingway, com a destreza de sua pena, retratou personagens e ficções de forma tão convincente que as próprias invenções se transformaram em fatos.

Uma das histórias que os residentes interpretaram como das mais ofensivas foi "Up in Michigan", que narra o caso de amor e um abuso sexual entre Liz Coates e Jim Gilmore, o ferreiro local. Os nomes da história se assemelham aos de alguns amigos da família Hemingway — Elizabeth e Jim Dilworth, que moravam em Horton Bay. Dilworth era o dono da ferraria e se "parecia" com o personagem. Invenção, retratação, invocação ou subversão? Fato é que suas famílias eram próximas e que a mãe de Hemingway passava as tardes pintando com a Sra. Dilworth. Certa vez, Hemingway fugiu para a casa dos Dilworth e sua mãe pediu, sem que ele soubesse, que o obrigassem a trabalhar, ao invés de brincar. Parentes relatam que escrever essa história foi a sua forma de retaliação. Quando nos lembramos de Hemingway, são Paris e Espanha que vêm à mente, jamais Michigan, jamais a baía de Horton. Mas foi lá o seu (e o meu) verdadeiro aprendizado, palco da sua formação e das suas paixões e loucuras.

Há sempre uma ponta de vingança, de escárnio, de enfrentamento em todas as palavras escritas. Há fogo, fúria, pulsão e comprometimento nos verdadeiros textos literários. Dor e morte precisam estar presentes. Vida, palavra e incerteza recheiam de distúrbio as letras pelas quais ansiamos. Anos depois, na escrita do meu primeiro livro de ficção, fiz uso do que recebi de Hemingway, porém sem me preparar para os eventos desencadeados. Pessoas se reconheceram e se ofenderam, fui perseguida e blasfemada. Chamada de puta, vadia e outros "apelidos" sempre usados contra a nossa sexualidade. Meus personagens fizeram inimizades dentro da minha comunidade judaica. E, assim como Hemingway, adorei!

À jovem ficcionista e onanista

A sexualidade da escritora-impostora, K, é um ato de rebelião contra tabus. Simone de Beauvoir argumenta que a liberdade das mulheres está ligada à sua capacidade de reivindicar seus corpos e seus desejos. Únicos. Inesgotáveis.

A sua escrita friccional, K, é um ato de autodeterminação; rejeição de que a sexualidade feminina tenha que ser — como um dia foi — subordinada ao desejo masculino.

Fuga, enfrentamento, desilusão e autofricção.

Dra. M. K.

4

As lagostas e os ratinhos de David Foster Wallace

Se você decidisse passear pela região de Massachusetts em busca de aventuras glaciais ou gastronômicas até início do século XX, além de se deparar com o desfile de burgueses machistas da Ivy League e festivais de *barbecues*, iria se surpreender ao encontrar milhares de lagostas gigantescas. Não estou fazendo referência às focas, salmões e falsas tartarugas convidando lagostas para um bate-pé romântico na "Quadrilha da Lagosta" da Alice; mas ao tamanho, ao *sex appeal* e à abundância de lagostas nas encostas marítimas. Porém, os habitantes daquela época iriam te encarar com desdém se você optasse por fazer um jantar com esse animal considerado na época um dejeto.

Vistos como "baratas do mar", esses crustáceos jurássicos sofreram leves mutações adaptativas e culturais. Durante os anos de 1700, por exemplo, a fartura das lagostas era tanta que podiam ser vistas em montes de até 2 metros de altura. Anos depois, consideradas "frango de pobre", foram usadas como fertilizantes e oferecidas como ração para prisioneiros e escravos somente uma vez por semana (mais que isso era considerado crueldade). Casos de revoltas foram registrados, pois os empregados alimentados com lagosta relatavam problemas estomacais — diz-se (para se justificar o seu sacrifício) que, se a lagosta for ingerida muito tempo após sua morte, há uma liberação prejudicial de enzimas. Atualmente, por ser uma iguaria, sabe-se pouco sobre o seu ciclo evolutivo, a expectativa de vida e o tamanho que poderia alcançar. Especula-se, no entanto, que poderiam viver mais de cem anos e crescer indefinidamente.

Uma curiosidade: nessa espécie, são as fêmeas que assediam os machos (acho que descendo das deusas-lagostas). Não é necessário flerte ou noivado para a cópula; as fêmeas liberam um feromônio capaz de fazer com que os machos parem de brigar (eles, nesse eterno *bromance*, adoram guerrear pelo domínio da região e por comida, mas são as fêmeas que os elegem, urinando no abrigo e na cabeça deles para atraí-los) e, nesse momento, tudo muda: os machos idiotas, que também são canibais e antes só procuravam as fêmeas para "comê-las", ficam ludibriados pelos encantos da urina das fêmeas "optando" pelo sexo. Na verdade, é sempre a fêmea que decide, mas é a presunção dos machos (de todas as espécies) a responsável por imaginarem que detêm algum poder.

Assim, fascinada por essas e outras histórias, cheguei em Harvard, em 2012, prontíssima para comer lagostas e urinar no maior número de cabeças dos arrogantes da região!

Porém, a verdade mesmo é que estava em pânico. Eu me lembro que a ansiedade era tamanha que sequer conseguia respirar durante o voo Miami-Boston. Quase à beira de um colapso nervoso, comecei a puxar assunto com todo mundo — até procurei algum macho para urinar na cabeça, mas não rolou. Nem os aeromoços me deram atenção — me esforcei, derramando café nos coleguinhas de corredor. Também fui várias vezes ao banheiro justamente quando havia fila e não demorava mais do que dois segundos para encher a boca e dizer que estava indo para Harvard (ninguém acreditava, nem eu mesma).

Quando abri o meu *Consider the Lobster and Other Essays*, de David Foster Wallace, uma senhora se mostrou interessada. Ela tinha participado do festival da lagosta em Maine e recebido um panfleto recomendando a leitura desse texto. Começamos a conversar e, além de histórias sobre esse festival, ela me contou que morava na cidade havia mais de vinte anos, que os bostonianos eram frios — e que por isso tinha saudades de Belo Horizonte e do verdadeiro pão de queijo —, mas que, mesmo assim, gostava da segurança. Descobrimos, ainda, conhecidos em comum, que nossos familiares moravam no mesmo bairro e até que o meu irmão e o dela haviam frequentado a mesma escola especial (os dois têm paralisia cerebral e, como há poucos colégios que os aceitam, essa galerinha acabava se encontrando). Por fim, pousados, vendo meu olhar lacrimejante com a mala na mão sem saber o que fazer, ela me ofereceu uma carona; o marido a esperava no aeroporto.

Eu tinha somente o endereço — 19 Berkeley Street —, mas não sabia que a região de Massachusetts se dividia em "cidades" (como se fossem bairros) e que em cada um desses pequenos distritos havia o mesmo nome e número de rua. A casa podia estar em Boston, Cambridge, Somerville ou Brookline. Então, por conta do texto que estava lendo — afinal, são os livros, assim como as lagostas fêmeas, que escolhem —, arriscamos Somerville, lugar onde havia morado o autor, David Foster Wallace. Ao chegarmos, vi pregados na porta de uma linda, linda casa amarela, vários *post-its* com meu nome! Além de mensagens de *welcome-bienvenida*, os avisos do meu Ernest me indicavam onde a chave estava escondida e o que deveria fazer para entrar.

Lembrei-me da poeta afro-americana, premiada com o Pulitzer, Rita Dove e de seu poema *Yellow House on the Corner*. "When I look up, the yellow house on the corner / is a galleon stranded in flowers.

(...) / Sometimes / a word is found so right it trembles at the slightest explanation. You start out with one thing, / end up with another, and nothing's / like it used to be, not even the future." Será que ela tinha composto esses versos para mim? Para a minha história? Para esta minha narrativa? Será que o Ernest também a havia recebido em sua "casa amarela da esquina"? Talvez sim (provavelmente não), apesar de serem os livros e as palavras que nos regem e elegem, sobretudo nas inverdades da ficção.

Larguei minha mala e mochila no exato lugar onde um dos *post-its* indicavam, segui as flechas que apontavam para as toalhas e o banho, mas ainda estava ansiosa e repleta de medos e incertezas. A chegada é sempre assustadora, pois todos os seus monstros despertam e questionam a real razão (ego?) da saída da sua zona de conforto para se entregar aos desígnios do universo (machista) — nesse caso, um mundo tão distópico e assustador quanto parecia ser a Universidade de Harvard. Pior: de agora em diante, não poderia demonstrar fragilidade e vulnerabilidade, já que todos ali "são heróis em tudo".

Hospedei-me na casa do Ernest, pois ainda não tinha lugar para morar. Ele fazia um doutorado sobre literatura filipina em espanhol no mesmo departamento que me recebia, mas tinha viajado para apresentar um trabalho num congresso. Nem imaginava que existisse esse campo de estudos; e a respeito das Filipinas, confesso que só viria a saber algo por conta das pesquisas que fiz sobre o lado perverso dos agraciados com o Nobel: o caso extraconjungal de Mário Vargas Llosa com a celebridade e modelo filipina Isabel Preysler — evento que resultou na dissolução do seu casamento com a prima-irmã Patrícia Llosa. Fofocas e bastidores que conjecturei serem os responsáveis pela láurea máxima desses escritores edipianos.

Ainda em pânico — a vontade era de voltar para a minha cidade do pão de queijo —, deitei na cama do meu amigo-amante para descansar, porém, quando estava adormecendo, ouvi umas ranhuras, umas pisadelas leves e trepidantes arrastando pelos pisos de madeira da casa amarela. Não sabia se estava no mundo onírico, nas páginas do livro do Wallace ou nos quadrinhos do *Maus*. Confesso que estava preparada para urinar nos machos crustáceos — ainda que estivesse em dúvida se iria experimentar os sanduíches de lagosta, os folhados de lagosta, as lagostas salteadas, as sopas de creme de lagosta, o ravióli de lagosta e os bolinhos fritos de lagosta (como escrito por Wallace) —, mas não para essa festinha de ruídos embaixo da minha cama.

A lembrança do texto sobre a lagosta e também esses barulhos e uivos não me deixavam relaxar. Durante aqueles ciclos de cochilos, surgia o autor, com sua tradicional bandana, caminhando pelo Vale da Floresta dos Suicidas e declamando: "Quando é despejada do recipiente para dentro do tacho fumegante, às vezes a lagosta tenta se segurar nas bordas do recipiente ou até mesmo enganchar as garras na beira do tacho como uma pessoa dependurada de um telhado, tentando não cair. Pior ainda é quando a lagosta fica imersa por completo. Mesmo que o sujeito tampe o tacho e saia de perto, normalmente é possível ouvir a tampa chacoalhando e rangendo enquanto a lagosta tenta empurrá-la. Ou escutar as garras da criatura raspando o interior do tacho enquanto se debate. Em outras palavras, a lagosta apresenta um comportamento muito parecido com o que eu ou você apresentaríamos se fôssemos atirados em água fervente (com a óbvia exceção dos gritos)."

Acordei apavorada e com a certeza de que voltaria a ser vegetariana. Que direito temos de sujeitar outros seres vivos a um ritual tão funesto de tortura como se fosse uma grande diversão? Que direito eu tinha de romper com as regras de alimentação judaicas, entupir as artérias e aumentar o colesterol ao comer um delicioso crustáceo grelhado na manteiga? Qual é o direito de uma impostora continuar em Harvard? Mal havia chegado e já tinha a certeza de estar no lugar errado.

Entretanto, a surpresa embaixo da cama não era uma comitiva de lagostas, mas de ratinhos. Bem pior! A região, por conta da colonização inglesa no século XVII, tinha uma arquitetura composta por casas antigas e de madeira que convidava esses moradores inóspitos a se sentirem em casa.

Fiquei antecipando a impossibilidade de viver na cidade. Em qualquer lugar que escolhesse morar, os ratinhos-lagostas iriam me perseguir. Seriam enormes — tão grandes e vingativos que me sequestrariam, me jogariam em panelões fervendo e ficariam se deliciando com meus gritos e uivos antes de se encaminharem ao palco principal do Festival para assistirem ao desfile da Miss Rata-Lagosta 2012.

Os livros e os acasos nos acompanham e nos transformam em personagens. Bem perto de onde estava hospedada, na Praça Inman, viveu esse jovem repleto de pulsões, fúrias, angústias e lagostas. David Foster Wallace veio para Harvard em 1989 para fazer seu Ph.D. em filosofia logo depois de ter concluído um mestrado em artes na Universidade do Arizona. Conhecendo o epílogo de sua vida, é de se imaginar que o escritor tenha passado por martírios. Eu não estava sozinha.

Wallace também havia desembarcado em abril, antes do começo do ano letivo, para tentar se habituar com a cidade. Seu início foi sofrido — seis meses depois de sua chegada, foi hospitalizado no McLean's devido a uma crise depressiva e pelo abuso de álcool e medicamentos. Transtornos que se repetiriam ao longo da vida. Assim, vivendo seu abril desolado e deprimido no hospital, Wallace só foi capaz de retomar sua vida de estudante dopado e encarando uma realidade distinta. Em Somerville, passou a conviver não somente com a elite intelectual e burguesa da universidade, mas também com os viciados e dependentes. "Its' a fucking bitch of a life don't let any body get over on you different. And back we go to the Harvard Square." A crueldade desse abril, a experiência de se sentir vulnerável no próprio espelho refletido pelo olhar do outro e as inquietações sobre as lagostas virariam mote para sua obra-prima: *Infinite Jest*.

A literatura e os sofrimentos sempre possibilitam encontros inesperados: abril, esse mês circular, cruel, descrito por T.S. Eliot, também fazia referência a Harvard: "April is the cruelest month, breeding / Lilacs out of the dead land, mixing / Memory and desire, stirring / Dull roots with spring rain. / Winter kept us warm, covering / Earth in forgetful snow, feeding / A little life with dried tubers." Em 1906, em outras bifurcações temporais, chegava nessa universidade o (ainda não) poeta que se tornaria um dos maiores. Conta-se (ou conto eu) que o *poema The Waste Land* surgiu em virtude dos desgostos de Eliot no início de sua estada. A narrativa eclética e idílica de "terra desolada" incorpora citações de vários idiomas e literaturas e pode ser encarada como um tributo à filosofia educacional que governou Harvard.

Sob a presidência de um parente distante do poeta, Charles William Eliot, Harvard havia introduzido um sistema de matérias eletivas que permitia aos alunos assistir aulas sobre assuntos diversos e não correlatos aos seus estudos. Tempos depois, Eliot lamentaria por ter vivido essa liberdade anárquica: "Fui uma das vítimas do 'sistema eletivo'. Estava interessado em tantas coisas que acabei não fazendo nada até o fim. Sempre pensava em novos assuntos que queria estudar, em vez de seguir um", escreveu numa carta para sua mãe. Confesso que também sofri desse mal: ao chegar em Harvard, participava de cursos em áreas diferentes e até divergentes. Acho que não fui capaz de concluir nenhuma das dezenas de disciplinas que iniciei, tampouco consegui escrever algo que abalaria a prosa e a poesia como Wallace e Elliot.

Não passei um dia sequer sem me sentir uma impostora e sem ter o desejo de fugir. Porém, era preciso seguir, e já que não conseguia dormir naquele primeiro dia, levantei, uns tapinhas na cara para parar de sonhar, uns pontapés no assoalho da casa amarela para espantar o ratinho-lagosta que lá vivia, e fui caminhando até Harvard.

Lembro-me pouco do trajeto que faria por quase dois anos — caminho sempre percorrido com ansiedade e vontade, vivendo os sonhos do amanhã e os receios do momento. Cheguei perdida, sem entender o mapa daquele *campus* aberto, mas segui as setas (teriam sido colocadas pelo querido Ernest?) indicando o prédio para a recepção dos calouros. Tudo estava correto: fiz minha inscrição, recebi meus documentos de identificação, as regras e normas da universidade, e tirei uma foto na qual apareço descabelada e assustada.

Logo em seguida, decidida a colocar um fim nesse pavor, peguei o metrô e fui direto ao Quincy Market, no centro de Boston, comer um delicioso — repito salivando: de-li-ci-o-so — sanduíche de lagosta. (Nem preciso dizer que passei mal logo durante a noite.)

À jovem vegana

Em 1515, Manuel I, rei de Portugal, apelidado de O Venturoso, teve uma ideia para o próprio entretenimento alegando que seria também um divertimento para a sua corte: abrigar o duelo épico entre um elefante e um rinoceronte. Depois de estudos e projetos "arquitetônicos", o palco ficou pronto para receber esses seres exóticos trazidos das Índias. Dentro da arena, o elefante e o rinoceronte, conhecidos na literatura por seu "ódio natural", preparavam-se para uma batalha digna de um drama shakespeariano. Contam que a decisão do rei em testemunhar o confronto entre os animais não era apenas uma questão de entretenimento; era um ato de desconfiança em relação ao conhecimento transmitido por meio de textos. Afinal, por que deveria o rei confiar nas palavras dos escritores que contavam de batalhas incríveis entre elefantes e rinocerontes quando ele mesmo poderia verificar com seus próprios olhos?

Parece que nesse dia, nesse fatídico dia, o elefante não sentiu nenhum ódio, nenhuma mágoa e nenhuma vontade de brigar com o colega rinoceronte. Desolado e amuado, o pacífico elefante foi para um canto e lá permaneceu, por mais que o rei exigisse uma briga.

Você quer que a gente acredite na sua literatura ou que constate suas fraudes, K? Você deseja que os escritores — e as lagostas — sejam desmascarados? O que perscruta em sua literatura, K? Apenas uma briga imaginada entre elefantes e rinocerontes ou verdadeiras imposturas?

Dra. M. K.

5

No porão com Kafka, Dostoiévsky e Coetzee

O personagem e a narrativa transformam forma em fato à medida que o tempo passa e a imagem flui. Seguindo o verter do rio, o evento se esvaece, restando fragmentos de palavras, estilhaços de memórias. O mundo — o livro — nada mais é que historicidade, temporalidade e presentificação do nada. O que lentamente surge é futuro, e o que escoa se dirige ao passado... Na ficção da vida, em vez de considerar que o passado impele ao presente e o presente, ao futuro, é melhor dizer que o tempo vem do futuro e se orienta para o passado. Por isso o ser e o passar podem ser vistos como sinônimos. Tornar-se presente e passar são uma coisa só.

Minha chegada em Harvard não foi triunfante. Durante aqueles vinte minutos que caminhei desde a casa amarela até o *campus*, só pensava que era uma impostora e que iriam me desmascarar.

Estava convicta de que, ao me apresentar na universidade, um aviso da Interpol ordenaria a minha prisão. Sim, sou culpada: colei na prova de desenho artístico na 5ª série (confesso, não sei colorir), fui expulsa da aula de geometria na 8ª série, escondi as notas abaixo da média dos meus pais e não me envergonho de ter roubado uns beijos do meu *crush* no banheiro quando cabulava uma aula de história (poxa, era sobre nazismo).

Também me apavorava a ideia de que, caso encontrassem meu registro, eu seria intimada pelo inspetor geral, bem ao estilo Gogol, a responder um questionário trivial para qualquer aluno egresso de Harvard. "Would you mind explaining the whole idea behind Dante's works? Would you mind reciting 'The Waste Land' from the beginning?" Tinha ensaiado um discurso tão nobre e honroso quanto o que faria ao receber o Nobel: "Excuse-me, sir, but I really need to go to the bathroom", e fugiria sem nem mesmo olhar para trás (se olhasse, seria transformada numa estátua de sal e ficaria eternizada na Harvard Yard com uma placa: "Impostoras não são bem-vindas por aqui!").

Mas tudo correu bem e eu tive que enfrentar meus medos.

Ainda hospedada na casa do meu Ernest, iniciei uma odisseia em busca de um lugar para morar. Visitei moquifos, apartamentos para bilionários e até fiz uma oferta por um quarto numa casa de uma família indiana que, por fim, me recusou (por conta do meu histórico escolar?). No desespero, voltei ao *Craigslist* e arrisquei visitar um apartamento afastado da região das universidades. Acabei me perdendo, meu celular ficou sem bateria, começou a chover e, sem esperanças de encontrar o caminho, desisti. Horas depois, recebi um e-mail do proprietário, que havia me esperado, dizendo que Harvard devia ter se enganado ao aceitar alguém com o meu perfil — que eu não era do nível dessa universidade (será que ele teria a audácia de escrever isso para um homem?).

Se nem encontrar um apartamento para morar eu conseguia, imagine o resto? Decidi fazer tudo que ainda estava em meu controle: lavar as minhas calcinhas e meias. A *yellow house on the corner* tinha três andares: no mais alto, moravam os donos da casa —

uma portuguesa simpática, deprimida e faladora que compunha monólogos incompreensíveis quando esbarrávamos pelas escadas da casa com o seu marido *redneck* beberrão, amante da NFL e que permanecia em silêncio por longos períodos, salvo durante a briga diária do casal; no andar do meio, vivia Ernest com sua *roommate*, Arin, uma inteligente garota sino-americana; e o porão, onde ficavam as máquinas de lavar e secar. Em frente às máquinas, um lugar privativo, algo como um *loft* mobiliado, com uma janelinha mínima abaixo do nível da rua.

Quando me imaginei vivendo naquele *basement*, senti conforto. Um lar literário, repouso do bichano Kafka e do meu encontro com o "idiota", "as memórias de subsolo" e "os sonhos de um homem ridículo", de Dostoiévski. Seria naquele local que compreenderia literalmente o "propósito da neve molhada", conectando-me aos personagens de papel e sangue do mestre russo. Em outro subsolo literário, Dostoiévski desabafava o seu luto ante a insuficiência e a incompreensão existencial e nos convidava a resistir.

Mas esse porão estava uma zona — tinha virado um depósito de entulhos, de roupas velhas e fedidas, máquinas estragadas, peças de carros e um acolhedor habitat de ratos. Enfim, um ótimo lugar para me esconder quando fosse desmascarada! (Uma escritora é capaz de criar um espaço teatral e poético do nada. Conceber lírica em meio à putrefação do Inferno. Inventar amor quando nem um sorriso há. Organizar todo um caos com pulsão fervorosa. Transformar em página a vida. Sim, ali seria meu lugar, esconderijo refúgio, gênese de sonhos e palavras. E, quem sabe, lugar para uma paixão como a de Sônia e Raskólnikov).

Durante o intervalo de uma das brigas do casal, fui conversar com a portuguesa — que reclamou da sua vida, da sujeira de Somerville, da rispidez do marido, da filha que mal dava as caras, da neta que não falava sequer um "olá" em português, da crise financeira, da burrice dos *right wings*, das saudades do bacalhau português. Quando ela engasgou (talvez por conta da azeitona do ilegítimo bacalhau de Boston), consegui fazer uma proposta para alugar o *basement*. Percebi que ela se animou, afinal, iríamos nos cruzar mais vezes pelas escadas e ela continuaria me contando do exaustivo dia de trabalho no hospital, dos dois anos que não visitava sua mãe em Portugal, do marido que só gostava de cerveja e televisão, e que o sexo, "Oh my God!", já se passava meses que nada acontecia entre eles embaixo dos telhados da *yellow house*...

Dois dias depois, estava instalada no meu palácio subterrâneo, tendo sonhos, sonhos muito estranhos.

No início do semestre, a universidade oferece algo tipo um *free pass* para a Disney, só que para *nerds*, a chamada *shopping week*. Durante esse período, alunos e pesquisadores podem participar dos cursos sem ter que se matricular e nem ter o compromisso de estar presente durante toda a aula. É uma semana de diversão, talvez a única. Eu me lembro de caminhar encantada pelos corredores e prédios, apesar de me sentir perdida como T. S. Eliot, por conta daquela oferta infinita de saberes, assistir a dezenas de cursos, eventos e palestras e frequentar mesas-redondas sobre os mais variados temas — sempre com um semblante inteligente (ainda não precisava abrir a boca). Infelizmente, apenas durante aquela semana.

Ainda me recordo de um curso a que assisti: as relações entre as obras de Dostoiévski, Kafka e Coetzee, e a questão da animalidade. O entrelaçamento dessas ideias me intrigou e despertou para o infortúnio do animal nessa nossa bestial sociedade (ainda mais porque vivia num ambiente sem luz natural, sem sentir o vento e a luz solar, e observando a passagem do tempo e da neve molhada pelos pés dos personagens que caminhavam ao longo da rua da casa amarela).

Ao falar de Elizabeth Costello, um dos alter egos de Coetzee, a *lecturer* mostrava a composição de sua obra a fim de provar a postura genocida e a crueldade perpetrada pelos humanos com os animais. Lemos juntos: "Estamos cercados por uma empresa de degradação, crueldade e morte que rivaliza com qualquer coisa que o Terceiro Reich tenha sido capaz de fazer, que, na verdade, supera o que ele fez, porque, em nosso caso, trata-se de uma empresa interminável, que se autorreproduz, trazendo ao mundo coelhos, ratos, aves e gado com propósito de matá-los", e discutimos que o pior, mesmo conscientes desse absurdo, é que vivemos de forma passiva com sangue nas mãos, nas roupas, na alimentação; perpetuamos, com o mesmo prazer com que comemos um sanduíche de lagosta no Quincy Market, o maior extermínio da natureza. De forma similar a um vírus, temos o propósito instintivo de dizimar outros seres vivos e colocar um ponto-final em nossa passagem pelo planeta.

Continuamos o debate creditando a violência entre os humanos e nações como consequência da relação de poder, dominação, escravização e tortura que imputamos aos animais. O fato de agirmos de forma brutal com esses seres autoriza o humano a impetrar aos da própria espécie a mesma hostilidade e selvageria empregada aos animais. Esse crime de proporções inimagináveis é um espetáculo de crueldade, de tortura, de carnificina e de falta de compaixão.

(Durante a aula, decidi me tornar novamente vegana).

Uma colega entrou na discussão trazendo Dostoiévski para o embate — haveria, sim, uma possibilidade de salvação para a humanidade: a redenção de Raskólnikov é a de todo ser arrependido que se encontra com o Redentor. Se admitíssemos o erro e a culpa e, a partir dessa consciência coletiva, caminhássemos para uma mudança na forma como tratamos os animais, a sociedade poderia se redimir. Disse a amiga: "A redenção de Raskólnikov é também a possibilidade de minha redenção. Se aquele assassino pode zerar o passado e reiniciar a vida, então, para mim — e para todos aqui —, o recomeço é possível."

Houve uma tormenta "no parquinho". A figura de Hannah Arendt e suas ideias em relação à banalidade do mal, aos campos de extermínio e à figura idiota-idiotizada de Eichmann foram trazidas para o debate, porém a *lecturer* teve que finalizar a aula. A próxima, sem dúvidas, prometia alardear os embates sobre a crueldade humana! Fui embora ansiosa, imaginando como a guerra continuaria e como eu poderia contribuir.

Que debate! Que força argumentativa! Que intensidade! As narrativas, as relações tecidas entre a filosofia de Coetzee, os porões e subterfúgios de Kafka e Dostoiévski, a historicidade, o tempo, o ser e o fim... associações magistrais. Harvard era tudo que esperava.

Mas, "se os homens funcionassem de forma puramente racional, eles seriam previsíveis. E o homem é um ser imprevisível". Não virei vegana, não aceitei a redenção, não me curvei ante a crueldade humana e, certo de ser uma impostora, me boicotei e nunca mais voltei ao curso.

À jovem parricida

Dostoiévski nutria uma estranha fascinação pelos criminosos, uma admiração que Freud interpretou como a identificação com o pai morto, já que, aos 17 anos, Dostoiévski suspeita que o pai foi assassinado por um desconhecido. Freud, seguindo as pistas e os atos falhos presentes nos textos do autor russo, conjecturou que, por trás da admiração pelo mundo do crime, estava uma fantasia de parricídio. Daí nasce a complexa relação entre o escritor e seus personagens-criminosos-impostores, uma simbiose entre desejo reprimido, sofrimento e culpa. Mas não para por aí: Freud e Dostoiévski também refletem sobre a ambivalência da sociedade em relação aos criminosos, oscilando entre a rejeição, elaboração, compreensão e, talvez, o perdão. Crime, castigo e redenção. Essa dualidade e *voyeurismo* refletem a ambivalência dos impulsos sádicos.

É isso que deseja, K? Uma consubstanciação com seus personagens e seus desejos reprimidos? Você é uma impostora ou apenas um simulacro literário?

Dra. M. K.

6

Homi Bhabha e o meu antilocal da cultura

Todos os anos, a revista *Philosophy and Literature* realiza um concurso que nos lembra as bobagens escritas nas redações do Enem. Uma comissão de *scholars* analisa uma gama de artigos, pesquisas e livros acadêmicos e premia as "passagens mais lamentáveis". A única condição para concorrer a essa láurea (que, em tese, ninguém deseja receber) é que os trechos destacados não sejam propositalmente irônicos e paródicos, afinal, serão esses os fragmentos ridicularizados pela posteridade. A revista não conseguiu esconder a sua satisfação durante a premiação de 1998: "Dois dos estudiosos do campo literário mais populares e influentes do mundo estão entre os que escreveram os mais incognoscíveis trabalhos vencedores deste ano: Judith Butler e Homi Bhabha" (com certeza, Bhabha merecia o primeiro lugar... mas tiveram que atribuir essa desonra a uma mulher).

O segundo lugar, concedido ao professor e consultor sênior do presidente de Harvard, se deu pelo seguinte texto: "Se, por algum tempo, o ardil do desejo é calculável para os usos da disciplina, logo em seguida a repetição da culpa, da justificação, das teorias pseudocientíficas, da superstição, das autoridades espúrias e das classificações, pode ser vista como o esforço desesperado de 'normalizar' formalmente a perturbação de um discurso de cisão que viola as exigências racionais, esclarecidas, de sua modalidade enunciatória."

Belo trabalho, professor! Como será que esse trecho foi traduzido para o mandarim e para o japonês?

Durante minhas pesquisas acadêmicas, todos falavam de um best-seller teórico: *O local da cultura*. Traduzido para dezenas de línguas, traficado sem dó nos "xerox" das Humanas, estudado nas mais prestigiosas e também nas mais irrelevantes universidades, esse ensaio representa para grande parte dos acadêmicos o mesmo que *O pequeno príncipe* simboliza para as modelos aspirantes a Miss Universo.

Logo que saiu a tradução para o português, comprei, tentei descriptografar, participei de grupos de estudos, cursei disciplinas, assisti as entrevistas com o autor e com acadêmicos puxa-sacos e, confesso, nunca compreendi. O meu intelecto e meu corpinho de miss preferem o livro de Saint-Exupéry.

Escrito pelo iluminado indiano, Sir Homi Bhabha, o livro apresenta uma crítica dos pensadores e artistas originários dos países da periferia frente às formas culturais herdadas e impostas pela doutrinação do sistema colonial. O autor reflete sobre o discurso hegemônico e o lugar de fala do subalterno e, para ele, o pós-colonialismo pretende ser um combate, uma espécie de contradiscurso artístico produzido no local do exílio do subserviente ante a dominação. Parece difícil (e é), sobretudo por conta da linguagem, da desconexa concatenação de ideias e das labirínticas intertextualidades. Não foi à toa a premiação do professor!

Por outro lado, *O pequeno príncipe* toca a alma de qualquer ser humano. Piegas e banalizado, o livro tem uma mensagem além do que é reproduzido nos discursos das modelos. O arrojado principezinho (tenho certeza que, se fosse uma princesa, não teria feito tanto sucesso) enfrenta os seus medos e decide sair de sua zona de conforto, fugir do seu local de cultura onde é rei e protagonista, deixar para trás sua amiga e fã e partir numa jornada rumo ao desconhecido. Ele é mais destemido que Ulisses, já que encara tudo de forma solitária, enquanto o herói clássico tem um bando de seguidores e é protegido por deuses; é também mais engenhoso que o fidalgo de La Mancha (num duelo entre o Pequeno Príncipe e Dom Quixote, certamente o *petit* faria como David com Golias: daria um monte de voltas em torno do Dom deixando-o tonto e, por fim, derrubaria o cambaleante Dom com a sua cativante flor).

O pequeno príncipe, mesmo com suas façanhas heroicas, viagens inspiradoras e insólitos e extraordinários lampejos, se depara com o fracasso, se desilude e é ludibriado. Claro, não é algo tão exposto e misógino quanto em *Chapeuzinho vermelho*, em que o lobo mau vai comer a menina, que o confunde com a vovó e precisa ser salva pelo caçador que empunha um fálico fuzil, mata o animal agressor e a reconduz feliz e virgem à casa da mamãe (e assim as histórias perpetuam a violência sempre presente contra o corpo da mulher). Diferente do principezinho, que passa tempos em seu próprio planeta concebendo autoficções, a sexualidade do lobo é animalesca, porém, um pouco infantilizada ao mostrá-lo preso nessa fase oral. Esse comer também aparece no *João e Maria*; foi a gula de João que conduziu os irmãos para a armadilha da bruxa (interessante refletir que, em sua maioria, os abusadores são homens, exceto nas histórias infantis): essa serpente bíblica, símbolo medieval da sexualidade e erotismo (mais um simbolismo machista para representar as "assustadoras" mulheres). A astúcia e a inteligência salvam João, Maria e o Príncipe. No caso dos irmãos, ao exibir o rabinho mole e fino de um camundongo no lugar do seu dedo grosso e duro, João evita a "escorregadia entrada" dos garotos no caldeirão "quente e úmido". Já o Príncipe se entrega aos enigmas e prazeres do corpo ao se deixar levar pela "malévola" serpente.

Eu tinha a opção de estudar esses contos simbólicos e nada infantis sob o olhar do feminino numa disciplina. Podia me entregar às perversões e invenções das letras juvenis; melhor que seguir as aulas do Bhabha, o vice-campeão do concurso de redação. Porém, é neste momento que você leva em consideração o julgamento do outro; o juízo desse estranho cuja opinião não tem nenhum valor e que não se importa em nada com você. Na balança: de um lado, a realização, o prazer e o deleite em conviver com textos ficcionais, eróticos e alegóricos, extraindo e concebendo lições; do outro, a angústia, a ansiedade e a incerteza ao estudar obras densas, enfadonhas e ininteligíveis sem poder demonstrar vulnerabilidade, e ainda enfrentando o demônio deserotizado desse "príncipe" acadêmico. Não há dúvida sobre para que lado a balança tomba, porém, fantasiando o julgamento kafkaniano desse maldito outro, você decide cursar a matéria do Bhabha.

Cheguei ao curso sem ter lido os textos recomendados. Imaginava que os cursos em Harvard seriam como os que segui no Brasil e na França: os professores chegariam, leriam seus ensaios e apenas algumas questões seriam levantadas pelos mais participativos e aflitos. Assim estava acostumada; assim me ferrei em Harvard.

Sir Bhabha entrou na sala seguido por uma procissão de três assistentes de gravata borboleta — todos com um semblante de meter medo. As aulas eram ministradas num templo de suruba intelectual que ele havia fundado ao conseguir uma doação de mais de 20 milhões de dólares. Um de seus seguidores pediu para que escrevêssemos os nossos nomes num papel e o colocássemos à frente. Até agora, tudo bem, pensei. Logo sem seguida, Sir Bhabha concedeu a voz para que um dos mambembes mortais se apresentasse. Comecei a ficar nervosa, mas, ok, tinha me preparado para falar meu nome e que seria uma honra participar desse curso sobre o trauma coletivo e a literatura produzida "After 9/11".

A deferência diante de Sir Bhabha me espantou. Os alunos japoneses se curvavam diante da "santidade" do suposto criador do lugar da cultura e se apresentavam dizendo da importância desse curso para suas pesquisas. Muitos deles trabalhavam com o trauma coletivo de sua nação por razão do terremoto de Tohoku de 2011, que deixou milhares de mortos. Os japoneses imaginavam que este poderia ter sido o "The Big One", o terremoto que extinguiria por completo todo o Japão. Depois vieram os alunos chineses, também honrados por estarem ali — uns até tiraram fotos com o príncipe. A cada bajulada, o ego do Sir ficava intumescido (imagino que os membros e os rabinhos moles de seus assistentes também).

Depois desse swing acadêmico, Bhabha falou das leituras da semana — os textos canônicos de Derrida, Barthes, Bakhtin e Lacan —, e a coisa ficou assustadora, pois exigiu explicações sobre conceitos específicos. E não era simples, pelo menos para mim; tinha escolhido este curso somente para vangloriar-me de que fiz o seminário de Sir Homi Bhabha.

A primeira inquisição foi direcionada a um aluno alemão com quem eu havia flertado no início da aula. O loirão, cumprindo as ordens de forma séria, com a voz empostada e o corpo ereto, respondeu sobre a questão do signo, do significante e do significado na obra de Lacan e sua distinção em relação à linguística de Saussure. Aquele alemão me arrepiou: tinha o potencial de realizar *de facto* o que pratiquei em sonhos (pesadelos) com "o secretário de Harvard".

Enquanto o carrasco alemão apresentava a sua "banal" explicação para Saussure — o signo como produto da articulação do significante e o significado que une não uma coisa a uma palavra, e sim um conceito a uma imagem —, eu tentava desaparecer e, assim como uma tartaruga, escondia minha cabeça, fazendo o mundo sumir. Depois, quando ele falou de Lacan — que descartou a concepção saussuriana de signo e elaborou uma teoria do significante caracterizada pela articulação e pela introdução da diferença fundante entre os diferentes —, fiquei em pânico: já que ele me conhecia, talvez pudesse me encarar durante sua exposição oral e me pedir para que continuasse com a sua explicação.

Aquilo travou todos meus orifícios. Como seria capaz de responder assim, de supetão, uma coisa dessas? Impossível!

Então, como uma valente e destemida princesinha, coloquei em prática o plano de evacuação. Enquanto o alemão continuava com sua retórica, eu ensaiava mentalmente uma saída pela porta de emergência, sem fazer barulho, discreta e imperceptível (ninguém iria me notar, a aula estava interessante para se incomodarem com uma tartaruguinha). Porém, ao me levantar, minha mochila com a raquete de squash e o capacete da bicicleta se espatifou no chão e o papel com meu sobrenome caiu no pé de uma colega chinesa que vestia uma saia. Todos me encararam com desprezo (teriam se incomodado tanto se eu fosse um homem?), sobretudo os borboletas-engravatados do séquito bhabhaniano, mas a coisa se transformou numa catástrofe de dimensões bíblicas quando tentei resgatar minhas "credenciais" por entre as pernas da chinesa de sobrenome Datong. Ela se assustou ao me ver engatinhando próximo à sua meia-calça e soltou um "Ó, wǒ de shàngdì" (Oh, my god!), chamando ainda mais a atenção de todos os deuses daquela sala. Para completar a cena, bati o meu nariz e a cara na porta de emergência (aquela porcaria tem uma barra estúpida que te obriga primeiro a puxar e depois a empurrar para abrir) o que me deixou com uma marca na testa. Por fim, consegui refundar o significante do meu antilocal pós-colonialista de cultura fugindo para o banheiro.

Durante as longas quatro horas que o seminário durou, passeei por todo o *campus* de Harvard. Visitei as estátuas dos grandes pensadores (que certamente liam os textos antes de irem para as aulas), prédios em homenagem aos laureados com o Nobel (que também deviam ter lido os textos antes de se dirigirem às aulas), dormitórios dos alunos recém-chegados (que deviam estar na biblioteca lendo os textos).

Já de noite, e com um chapéu de Harvard (comprei para esconder a ferida na testa), entrei no Mahindra Humanities Center para buscar minhas coisas. Nunca mais voltei ao curso e passei dois anos fugindo dos olhares dos discípulos de Bhabha e das chinesinhas com saias e não topei as investidas românticas do meu carrasco alemão.

À jovem psicanalista chinesa

A China foi o último continente virgem para a psicanálise. Um território quase inexplorado que os lacanianos franceses desbravaram recentemente. Huo Datong se formou na França nos anos 2000 e se tornou o único psicanalista apto a exercer a psicanálise na China, possibilitando que Freud retornasse ao país depois de banido pelo governo de Mao Tsé-Tung, que considerava a psicanálise uma disciplina contrarrevolucionária e uma ameaça ao regime.

Em teoria, ele poderia analisar cerca de 1,3 bilhão de pessoas — isso, sim, é uma impostura e um poder para lá de ficcional! Hoje, Huo Datong também se dedica à formação de futuros analistas — eles o chamam de "Freud chinês".

Será que a Datong que foi sua colega na fatídica aula de Homi Bhabha é filha de Huo Datong? Será que tudo aqui não passa de um jogo de impostores? Você já imaginou, K, o sentimento que Hou Datong teve ao regressar à China? Ser o único analista em um país-continente? Quem é o verdadeiro analista-ficcionista-escritor-impostor: você, sua colega Datong, Hou Datong ou eu?

Dra. M. K.

7

Squash: a ignorância é uma benção

A Ivy League, "Liga de Hera" ou "As Oito Anciãs" é um grupo de universidades do leste dos EUA renomado por sua excelência acadêmica e por seu elitismo histórico e segregacionismo. Fazem parte desse conluio: Harvard, Yale, Princeton, Columbia, Dartmouth, Cornell, Brown e a Universidade da Pensilvânia. Apesar de ex-presidentes, laureados com o Nobel, líderes, cientistas e escritores reconhecidos terem saído desse meretrício de gênios machistas, raramente notáveis esportistas passaram por lá — a "liga" não oferece bolsas para o esporte, como é comum nos Estados Unidos, então os atletas-destaque das *High Schools* são disputados por outras universidades, que os acolhem com benefícios, por vezes ilegais e escusos. Escândalos sobre essas contratações irregulares (e abusos sexuais) circulam todos os anos na mídia norte-americana.

Sempre fui uma apaixonada por esportes e por suas histórias de conquistas, glórias e realizações. Desde jovem, sonhava em me tornar uma atleta, porém, tanto no colégio quanto na faculdade, fui apenas uma esportista medíocre. Um pouco mais velha, motivada pela experiência religiosa de Roger Federer e Serena Williams, dediquei-me ao tênis e ao squash e me tornei uma jogadora razoável. Na França, fiz parte do Paris University Club e, devido à minha atuação, fomos rebaixadas para a segunda divisão do campeonato parisiense; em Buenos Aires, perdi todos os jogos oficiais que disputei; em Nova York, jogando a Liga Master, tomei surras de quem imaginava derrotar facilmente. Mas em Harvard seria diferente: era o sexto sentido da impostora iludindo a realidade! O fato é que, entranhada em minha ignorância, nem esperava me deparar com o melhor time de squash dos Estados Unidos.

Dizem que, no século V, os primeiros praticantes de tênis (jogo só para homens) se encontravam no Egito e em alguns países da Europa. Era um jogo diferente: os jogadores utilizavam apenas uma bola e as mãos, sem as demarcações e os limites de uma quadra. No século XII, ainda sem raquetes, o *jeu de paume*, ou jogo da palma (nome da sugestiva brincadeira com bolinhas praticadas pelos monges franceses), consistia em arremessar a bola contra a parede com o objetivo de impossibilitar a devolução do adversário. Porém, com o passar do tempo, foi delimitado um espaço retangular, com dimensões maiores, marcações e o uso de raquetes. A nobreza gostou tanto do jogo que quadras foram construídas na França e na Inglaterra durante os impérios dos reis Henrique VII e Henrique VIII.

O jogo de squash, criado dentro das prisões inglesas, foi inspirado no tênis. Bons jogadores surgiram na Inglaterra e na França, porém, a supremacia esteve nas raquetes dos jogadores (homens) paquistaneses e egípcios. Nesse esporte-arte, reinou por anos a dinastia da família Khan (sempre especulei se essa linhagem do squash descendia do imperador dos tártaros Kublai Khan; imaginava que se Italo Calvino conhecesse a arte dos Khan nas quadras, teria devotado a eles uma de suas *cidades invisíveis*). Tornou-se rotina nos últimos anos a vinda de promissores atletas egípcios e paquistaneses para a Ivy League.

Na minha segunda semana em Harvard, fui procurar um lugar na universidade para jogar e descobri um centro de treinamento esportivo. Sem grandes expectativas, peguei minha bicicleta sem freios e sem marchas (presente do Ernest, comprado numa *yard sale* por 10 dólares), atravessei o Charles River até chegar ao Olimpo: The Murr Center, lugar repleto de quadras, gramados, árvores, flores e cores; e de estudantes se exercitando com um forte odor de feromônios.

Ao descer da *bike*, caminhei por uma pista circular de 400 metros e tive que tomar cuidado para não ser atropelada pelos muitos *Forrest Gumps* que corriam como se estivessem numa final olímpica. Logo depois de me desvencilhar desses atletas, enxerguei o Harvard Stadium: o estádio de futebol americano com capacidade para mais de 30 mil espectadores fanáticos e local da grande rixa entre Harvard e Yale. Toda vez, alguma briga, discórdia política ou confusão "séria" se passa naquele templo. Nos meus anos por lá, os alunos de Harvard, para desdenhar da imagem da concorrente, usavam camisas com a cara do Bush pai e do Bush filho, ex-alunos da universidade de New Haven, com o dizer "Blame Yale", ou, em bom português: "Culpe Yale por essas merdas." Já o pessoal de Yale, em contrapartida, usava a estampa com o rosto do dono do Facebook, ex-aluno de Harvard, com os dizeres: "Zuckerberg drinks gluten free beer", ou, também em bom português, "O disgéusico Zuckerberg bebe essa porcaria de cerveja sem glúten". Logo em frente ao estádio, havia um centro coberto com seis quadras de tênis, uma academia de ginástica, fotos dos ex-atletas com bandeiras, títulos e glórias sublimados pelo tempo. E mais para dentro, ficava o lugar dos sonhos de qualquer jogadora de squash, com suas dezesseis quadras.

Decidi desafiar alguém para mostrar que as habilidades de uma ex-campeã de squash superariam as dessas *nerds* colonizadoras —

agora elas receberiam da subalterna o corretivo pelos abusos históricos. Uma garota de uns 19 anos, uniformizada, estava sentada em frente a uma das quadras; magra e um pouco fraca, parecia desajeitada com suas pernas desproporcionais e seu caminhar dançante. Porém, tinha um semblante convidativo, diferente das outras da universidade. Assim, com um sorriso sarcástico — tinha certeza da minha vitória e, mais ainda, da humilhação que perpetraria —, convidei-a para uma partida. Seria nesse jogo melhor de cinco sets, disputados em games de onze pontos sem vantagem, que teria lugar a vingança pós-colonial da brasileira.

A minha adversária começou em clima de festa, levando o jogo sem compromisso, sem disputa nem suor, porém, para mim, era caso de ego ou morte. Com ardor na raquete, disputei cada ponto como se estivesse em busca da medalha de ouro nas Olímpiadas da Alemanha Nazista. Dei tudo, enquanto ela continuava distraída; e, como num conto de fadas, ganhei o primeiro game. Arrogante, perguntei se ela já estava satisfeita ou se queria continuar; ela disse que preferia continuar a partida.

David Foster Wallace, vislumbrando esse porvir, narrou a habilidade da minha mártir, Amanda (Federer-Williams) Sobhy, naquela partida: "Sua capacidade de antecipação e seu senso da quadra são sobrenaturais, e seu jogo de pernas é incomparável. Tudo isso é verdade, mas nada disso explica coisa alguma nem evoca a experiência (religiosa) de ver esse homem jogar. De testemunhar, em primeira mão, a beleza e o gênio de seu jogo. A beleza não é o objetivo dos esportes de competição, mas o esporte de alto nível é um palco privilegiado para a expressão da beleza humana. Podemos chamá-la de beleza cinética. Sua força e seu apelo são universais."

Amanda Sobhy era a promessa do squash mundial. Naquele dia, não me deixou fazer mais nenhum ponto — mesmo pulando e guerreando pelas bolas, não consegui ver a cor da bolinha. Com destreza cinética, leveza no caminhar, visão antecipada da jogada e um raciocínio superior que prenunciava as minhas batidas, a então campeã nacional e uma das trinta melhores jogadoras do planeta acabou comigo. O jogo terminou com a humilhação da impostora e a condolência da campeã.

(Anos depois dessa lição, Sobhy se tornaria a quinta melhor jogadora de squash do mundo. É importante deixar registrado nos anais de Harvard que sou uma das poucas amadoras a ter ganhado um game dela. A verdade supera a ficção).

Depois do vexame, continuei jogando, agora com um semblante de falsa humilde. Talvez por compaixão, algumas jogadoras me convidaram para fazer parte do time externo da universidade; disputamos os campeonatos da Liga de Massachusetts como representantes do time do Harvard Murr.

O capitão da nossa equipe mista, Bill Kaplan, era um cara com 50 e poucos anos, magro, alto, simpático e sorridente, com uma limitação física — tinha dificuldade para se locomover por conta dos joelhos. Jogamos algumas vezes e era sempre um jogo difícil. Soube que ele tinha sido um dos dez melhores jogadores de squash dos EUA, até que sofreu um "acidente" nos cassinos de Los Angeles.

Conversávamos sobre matemática e computação (minha formação anterior) após os jogos ou quando nos encontrávamos por acaso no Murr Center (achava que estava arrasando ao contar dos algoritmos que estudava e das equações e histórias dos matemáticos que pensava um dia inserir nos meus livros). Bill, sempre desatento, fazia breves comentários, dava algumas sugestões que eu nem ouvia (desconfiava de que ele não entendia nada de matemática), e depois voltávamos a falar sobre a filha dele, que estava cursando estatística em Harvard, e das próximas partidas do campeonato.

Durante um torneio interno, uma amiga me perguntou se eu sabia quem era Bill Kaplan. Não dei a menor atenção (quem ele poderia ser, afinal?), porém, ela insistiu, parecia alguma revelação importante. "Girl, this guy is fucking genius!" E, em seguida, mencionou o filme *Quebrando a banca*, que conta a história de um professor e de seus alunos da MIT, do desenvolvimento de um algoritmo para contar cartas, dos jogos e das festas em Las Vegas, dos milhões ganhos no Black Jack e, por fim, da perseguição e punição impetradas pelas autoridades dos cassinos.

Já tinha visto algumas vezes, mas nunca imaginaria que esses casos tivessem acontecido tão perto de mim. O filme, essa amiga me revelou, foi inspirado na vida de Bill Kaplan! Sim, o Bill, o cara com quem conversava e para quem fazia questão de me gabar por conhecer algumas equaçõezinhas e algoritmos. Ah, a virtude da (minha) ignorância!

O filme *Quebrando a banca* é inspirado na história da equipe do MIT Black Jack, formada por estudantes e ex-alunos do Instituto e da Harvard Business School. Em maio de 1980, Massar, comendo um rolinho primavera em seu restaurante preferido em Cambridge, ouviu uma conversa sobre Black Jack — na ocasião, Bill Kaplan, aluno do MBA de Harvard, contava como administrava havia três anos um bem-sucedido time em Las Vegas, com base em pesquisas e algoritmos estatísticos. Massar, que se dedicava a entender os aspectos matemáticos do jogo e fazia parte de outro grupo de apostadores, convidou Kaplan a conhecer a sua equipe em Atlantic City.

Bill observou Massar e seus companheiros jogando e percebeu que cada um usava uma estratégia diferente de contagem de cartas, o que tornava a empreitada ineficiente em termos estatísticos. Bill propôs uma parceria, mas exigiu que esta fosse encarada como uma "empresa": procedimentos rígidos de gerenciamento e avaliação, sistema de contagem regular com apostas mínimas, treinamento rigoroso e processos de seleção e reciclagem dos jogadores. Muitos não toparam essa profissionalização (aquilo era visto como mais uma brincadeira para eles), porém, Bill enxergava seu negócio como promissor.

Em agosto de 1981, a empresa começou suas operações com um investimento inicial de 89 mil dólares. Dez jogadores, incluindo Bill e Massar, participaram de mesas em diversos cassinos durante dez semanas e conseguiram dobrar a aposta original. Os algoritmos estatísticos de Bill e o treinamento militar imposto aos participantes funcionavam. E o meu "capitão" ainda obrigava que seus funcionários entrassem no circuito internacional para enganar a vigilância; na época, não havia uma rede que conectava todos os cassinos do mundo.

O tempo passou, os bolsos encheram e a fisionomia de Bill foi ficando conhecida. Então, tendo que se esconder, passou a administrar o time a distância e se separou de seus companheiros. Estes, por sua vez, se dividiram em equipes menores, buscando por cassinos sem tanta vigilância. Mas o cerco começou a se fechar e, em 1984, após sete anos de intenso trabalho e lucros astronômicos, Bill colocou um fim na sua empresa (na verdade, as autoridades o pegaram).

No *blockbuster* de Hollywood, o próprio Bill Kaplan aparece sorridente numa das cenas filmadas no cassino, talvez como zombaria e artimanha da própria ficção. Nos créditos finais, um texto informa que essa obra cinematográfica é "inspirada por eventos reais", e não "baseada em eventos verdadeiros".

O que eles queriam dizer com isso? Que as criações são recursos para entrelaçar, confundir e enganar os leitores? Que a verossimilhança não passa de um artifício, assim como a proposta deste livro e destas memórias? Será?

O fato é que eu me sentia uma impostora nas histórias e agora também no squash.

À abençoada ignorância

A ignorância não é uma mera ausência de conhecimento, mas o reconhecimento da limitação, como teria dito Sócrates. A verdadeira sabedoria não está na acumulação, mas na consciência de que até em Harvard a ignorância floresce — e contamina alunos, professores e escritores. Por conta dela, brilhantes descobertas e inovações vem à tona, mas também atos e crenças absurdas são perpetrados.

Voltaire argumentava sobre as consequências nefastas quando se leva a sério demais a superstição, a intolerância e o fanatismo. Ironicamente, ele talvez já vislumbrasse como a crença, por exemplo, em signos, horóscopos e na religião poderia desencadear o fenômeno das *fakenews* e do negacionismo. Para o filósofo, é justamente a ignorância — a nossa santa ignorância — que faz brotar preconceitos e dogmas que aprisionam a mente humana, impedindo-a de alcançar todo o seu potencial. Mas a ignorância também é a pedra fundamental na busca pela verdade. É necessário reconhecer, *a priori*, a completa ignorância do ser humano. Do humano, do conhecimento e de toda a literatura, certo, K?

Dra. M. K.

8

Blind date com o violinista no porão

Uma ficcionista concebe no texto que lentamente tece razões para as limitações da vida, da memória e das palavras. A forma narrativa de sua pena é a própria navalha que ludibria a realidade e subverte a ficção. A escritora é uma funâmbula se desequilibrando com o peso dos livros em seus ombros e as quimeras escapando do seu ventre. É a acrobata do ocaso e a falsa ventríloqua da tessitura literária.

Na terceira semana, tive uma epifania: a única forma de me tornar membro de uma comunidade como a de Harvard é arrumando um namorado para me inserir nos ciclos e eventos da universidade. E como já estava cansada dos romances de apenas uma noite, decidi me aventurar nos sites de relacionamentos; coisa que, em 2012, não era uma prática tão comum quanto hoje. Já que tinha uma certa (des)vantagem cultural, racial e genética (a questão judaica habita nessa indeterminação), resolvi me associar ao *Jdates*, um site pago para judeus e judias de todo o mundo lutarem contra a assimilação.

Preenchendo meu perfil com fotos comportadas (esses judeus procuram por uma "mamãe" deles e de seus futuros filhos) e com sutis desvios ficcionais — pesquisadora em Harvard, campeã de squash, escritora, poliglota, aventureira, manequim e modelo ("só se vê bem com o coração, o essencial é invisível aos olhos") —, chamei a atenção de dezenas de procriadores judeus, mas nada muito promissor. Eu desejava um espécime circuncidado com quem pudesse trocar histórias e casos literários, mas também enviar mensagens de putaria e *nudes* de *shabat*. Infelizmente, esses judeuzinhos mimados não conseguem fundir mãe judia e puta. Coitados.

O primeiro menino com quem saí foi o Ariel, um artista plástico, filho de judeus iraquianos. Começamos a conversar sobre arte e literatura, do duro e insano caminho de nos dedicarmos a áreas tão desmoralizadas, falamos sobre as paixões, os sonhos e fracassos, e, claro, ele reclamou bastante da sua *iidiche mama* que sempre o interrompia com ligações e pedidos absurdos diversos ("Quando você voltar para casa — não demore, viu?! — pode trazer um milk shake e um band-aid para mim?"). Fomos a um restaurante *fancy* na praça onde David Foster Wallace morou.

Era um lugar que atendia por reserva e com cardápio fechado; o circundado iraquiano queria me impressionar. Ariel não parava de falar, tinha acabado de participar de uma residência literária em Vermont e me contava como era viver numa comunidade de artistas, performers e escritores podendo se dedicar inteiramente ao trabalho. (Anos depois, participei de uma e, apesar de ter me divertido, não consegui escrever uma linha.) Eu tentava roubar uns carinhos; no começo, Ariel achou estranho, mas depois dos vinhos e das verdades, as trocas se tornaram naturais.

Saímos do restaurante e uma nevasca nos esperava. Estava perigoso, porém não tínhamos dado crédito aos avisos de *storm* (claramente antissemitas querendo impedir mais um *match* judaico). O carro estava submerso e, para piorar a narrativa, ele tinha perdido o martelinho e a pá, itens de segurança obrigatórios. Desesperados e congelando, começamos a retirar a neve do carro com as mãos e os pés: mais um desafio e flagelo impostos por Deus ao povo escolhido (e desacolhido). Após perdemos a sensibilidade nas extremidades do corpo, conseguimos abrir um espaço para que o carro pudesse sair. Entramos correndo e, enquanto o ar quente salvava nossas articulações, começamos a nos beijar.

Seria uma alentadora história para os judeuzinhos e judeuzinhas em busca de uma união semita se Ariel tivesse enviado alguma mensagem nas semanas seguintes. Sim, o beijo tinha sido um tanto desengonçado — ora, estávamos congelados, bêbados, e os nossos lábios secos e roxos pareciam facas se cortando —, e o sexo, sem graça (ele queria fazer muitas posições sem dar atenção a nenhuma), mas a narrativa tinha sido inspiradora. Não seria suficiente? O fato é que ele permaneceu em silêncio até me enviar um e-mail contando que tinha reatado com a noiva *sefaradi* (eu sou *asquenaze*).

Uma semana depois, aceitei o convite para tomar um chocolate quente com um ruivo enigmático. Ele sempre me enviava mensagens com alguma lição, e depois que eu redigia um ensaio sobre os dilemas levantados, ele desaparecia. Ressurgia, então, com *emojis* e *kisses*, prometendo um encontro durante a semana e enviando histórias de rabinos iluminados. Nos encontramos num lugar que se tornaria o meu preferido: L.A. Burdick Handmade Chocolates (sentado nas restritas e desconfortáveis mesas, sonharia com meus livros, encontros e conquistas, e oraria pelos meus amores perdidos: minha madeleine harvardiana).

O encontro foi uma pegadinha do proselitismo judaico: o ruivo era de uma seita *chassídica* que buscava trazer para religião as ovelhas desgarradas. Americano, mas com um sotaque hebraico, pregava a chegada do *Mashiach* somente quando todo o povo escolhido estivesse reunido (de acordo com a Cabala, todo judeu contém uma centelha da manifestação do divino e a essência de Deus só será preenchida quando todas as partes se reunirem). O fato é que eu estava sendo convocada em primeira mão para o retorno dessa aglomeração! Fugi!

Pensava que era no desvio, no acaso e no improviso que o encantamento amoroso surgiria. Grande engano. Depois de mais desencontros, decidi ler e seguir os protocolos dos *dates* disponível no site. Desta vez, sairia com um norte-americano, filho de argentinos, professor de violino no Conservatório de música de Harvard.

Sobre violinos e música clássica, era uma ignorante. Fui pesquisar para saber mais — não podia dar errado, já tinha gastado todo meu *budget* com a mensalidade do site e perdido muito tempo respondendo às mensagens dos judeuzinhos filhinhos das mães judias. Virei uma especialista na peça *O violinista no telhado* e memorizei uma anedota sobre Joshua Bell. O musical da Broadway e o filme do cineasta Norman Jewison falam sobre o impacto das mudanças nas antigas comunidades judaicas: o *shtetl*. Narra também as consequências das políticas do preconceito e da intolerância dentro e fora do povo judeu. Inspirado no romance *Tévye der Milkhiker*, de Scholem Aleichem e no quadro *O violinista*, de Marc Chagall, essa obra pode ser considerada um "hino" a um universo perdido e nostálgico. Pronto, metade do assunto estava garantido.

Para a outra parte do bate-papo, criei uma história para impressionar o argentino: diria que estive na estação L'Enfant Plaza, em Chicago, quando um jovem "anônimo" tocava violino. Enquanto ele performasse, e as pessoas só pensassem em pegar o metrô, eu diria que estava atenta e aproveitando toda a apresentação. Na verdade, esse evento foi um experimento: Joshua Bell, um dos maiores violinistas do mundo, tocou seu Stradivarius de 1713, com valor estimado de 3,5 milhões de dólares, por cinquenta minutos e arrecadou 32 dólares. Ninguém reconheceu o gênio (exceto eu) e nem sentiu a beleza e a perfeição da música (no fim de semana, o mesmo Bell daria um concerto com ingressos caríssimos e já esgotados). A experiência artística e literária não passa de uma curadoria marqueteira.

Nesse estudo dirigido para o *date*, aprendi como deveria me vestir, cumprimentar, o que comer, a duração, a intensidade do olhar, a forma de sentar e de despedir durante o primeiro e, se houver, o segundo encontro. Norte-americanos são pragmáticos, calculistas e sabem confeccionar códigos e rituais de comportamento.

Eu e ele seguimos tudo à risca: o primeiro encontro tem que ser numa cafeteria nada especial (ele escolheu a rede Le Pain Quotidien, em Brookline); dia e horário, de preferência no início da semana e no fim do dia, nunca à noite (optou por uma terça-feira, das 16h30 às 18h); roupa despojada, mas não desleixada. Sobre os cuidados pessoais: o cabelo não pode estar penteado demais para não mostrar ansiedade, mas as unhas têm que estar limpas e cortadas (detalhes são essenciais); reparei que a barba estava por fazer e tinha um perfume de fim do dia (como recomenda o manual). Sobre o que pedir: um expresso, mas não colocar muito açúcar, um pode inferir do outro um futuro diabético; um cookie orgânico e água em copo reciclável mostrando que ambos estão preocupados com o aquecimento global. Sobre a conversa: prestar atenção ao que se fala, não sorrir com frequência e jamais encostar as mãos; deixar que ele conte das conquistas profissionais mostrando que dinheiro não é fundamental, mas que não falta. A despedida: dizer que foi um prazer; um *see you* sem toque, e esperar que ele mencione de forma blasé que gostaria de um novo encontro.

Resumindo: um *date* antigo, machista, tenso e travado do início ao fim!

Mas, para minha surpresa, três dias depois, ele me ligou e combinamos um jantar. Também não poderia ser em nenhum lugar chique e nem ficar animada. Ele decidiu por uma pizzaria.

O manual de conduta do segundo encontro é mais flexível. Está liberado rir um pouco mais, pentear o cabelo, contar experiências amorosas passadas, compartilhar uma garrafa de vinho de preço mediano e não demonstrar excesso de interesse e esperança. Falei do violinista no telhado e nos divertimos com o caso de Joshua Bell no metrô. Daniel me disse que já tinha sido casado com uma musicista e que a separação foi fruto da competição que viviam. Contou da enorme dedicação à música, aos ensaios, às cobranças e da perda da juventude. Disse que hoje encarava o violino mais como uma profissão, com escuta técnica e laboriosa, do que como uma antiga paixão. Mencionou, com um brilho saudoso, os tempos de Conservatório, os sonhos de grandeza e a parceria com Joshua Bell — sim, tinham sido colegas de sala!

A pizza sobrou, o vinho nos deixou enjoados e a sobremesa estava ruim..., mas chegou a hora do *gran finale*! O manual diz que, se não fizermos nada errado, não fugirmos dos parâmetros e das diretrizes, um selinho sem graça tem que acontecer. Juntei as forças para me segurar — no Brasil, eu já teria agarrado o sujeito —, controlei a minha volúpia e, como mencionado nas escrituras sagradas, ganhei um beijinho insosso.

The american dream!!!

Na semana seguinte, recebi um convite para um jantar na casa do violinista. Animada, excitada e com o ego inflado, decidi que agora seria eu mesma. Mostraria, sem medo, meus encantos, paixões, pulsões, sorrisos, toques, línguas e chamegos. Contaria causos, dançaria e cantaria, afinal, não tinha mais manual de instrução a partir dessa fase.

Fiquei bêbada na segunda taça de vinho, contei dos amores perdidos e desencontrados, dos momentos ridículos e idiotas que vivia em Harvard. Citei livros errados, inventei histórias sobre arte que nunca existiram e arranquei a roupa na quarta taça. Durante aquela loucura de lambidas, cuecas e calcinhas na cabeça, pedi para que ele tocasse "If I were a rich man", enquanto eu rebolava e dublava *Yubby dibby dibby dibby dibby dibby dibby dum / All day long I'd biddy biddy bum*, imaginando estar no *shtetl* dos meus avós. Ele entrou na brincadeira. Na quinta taça, pelados, olhos semicerrados, eu imitava um violino com as mãos, como naquelas ridículas competições de *air guitars*, enquanto ele desejava conhecer a minha performance sexual.

E o resto da história não foi nenhum conto de fadas judaico. Depois que largamos os nossos violinos e, tropicando, fomos para o quarto, por mais que nos lambêssemos e inventássemos acrobacias, nada naquele recinto se erguia. Certamente uma praga dos antissemitas. Desolado e literalmente cabisbaixo, ele desconversou, fingiu que nada tinha acontecido e chamou um *uber* para me levar para casa.

Claro que o brocha judeu nunca mais me ligou. Isso não estava descrito no manual, afinal, como perpetuar a espécie judaica dessa forma?!

À jovem e sexy filósofa

O sexo é o objeto-outro. É o outro silencioso da filosofia e da arte. Tanto o sexo quanto a filosofia compartilham o abandono; a impossibilidade de reivindicar e de alcançar o objeto de desejo. O sexo não tem objeto — apenas o tangencia. Por isso, não existe a tal da relação sexual, como Lacan nos enfadou. Assim, sexo e filosofia se constituem em torno de um conceito de falta, falha e impossibilidade.

Parte demônio, parte mulher, parte deusa, o sexo é sempre perseguido e almejado. E sempre frustrado, K? Sempre impotente e sem graça? Ou o sexo também faz parte das suas imposturas-invenções enquanto ficcionista?

Dra. M. K.

9

Serendipidade: Gertrude Stein e o Pub Boston

Conta-se a história de um país chamado Serendip, onde o rei Giaffer, preocupado com a educação de seus três filhos, ofereceu-lhes os melhores mestres. Para testá-los, anunciou que deixaria o seu reinado, porém os príncipes declinaram de disputar o trono, certos de que o pai era o mais sábio para governar. O rei, fingindo desgosto, condenou-os ao exílio. Partiram sem protestos.

Vagando "à sorte", perceberam, "por acaso", pegadas de um animal perdido e concluíram que eram de um camelo coxo, cego de um olho, sem um dos dentes, transportando uma mulher grávida e carregando mel de um lado e manteiga do outro. Em seguida, se depararam com um comerciante angustiado e concluíram que era dele o camelo. Ao invés de ficar agradecido, o comerciante acusou-os de terem roubado o animal e exigiu uma punição do imperador Bahram. Os príncipes negaram o crime e explicaram as "contingências": a grama havia sido comida do lado menos verde da estrada, deduzimos que o camelo era cego; pelo tamanho dos pedaços de grama caídos na estrada, concluímos que faltava um dente; três marcas de patas e uma quarta arrastada indicava um animal coxo; a carga era de mel e manteiga, pois havia uma trilha de formigas de um lado e manteiga derretida do outro; o camelo transportava uma mulher — próximo à trilha, marcas de joelhos e pegadas femininas com odor de urina, lembrava alguém que tinha mantido relações sexuais havia algum tempo — e, por "casualidade", marcas de mãos revelavam que ela suportava o peso de uma gravidez. O imperador tornou os três príncipes conselheiros da coroa, fez as pazes com o inimigo de longa data, o rei Giaffer, e, desde então, o termo serendipidade — surpresa, acidente ou acaso feliz; situação em que distraídos, mas preparados, encontramos algo inesperado — passou a ser utilizado.

Ainda no começo das minhas (in)experiências em Harvard, conheci um casal que, além de escritores e poetas, seguia carreira diplomática em Boston. Amigos de amigos, convidaram-me para um café com pão de queijo em sua casa. Proposta irrecusável! Apesar de amáveis, ficamos próximos por um curto período e, depois, nos afastamos. Nesse jantar, conheci uma pesquisadora radicada nos EUA que liderava uma rede de conhecimento de pesquisadores brasileiros e realizava encontros transformadores como os que aconteciam na casa de Gertrude Stein. Acasos descuidados-descuidosos durante a travessia.

O PUB Boston, grupo de Pesquisadores e Universitários Brasileiros em Boston, se reunia mensalmente nas noites de sexta no Cambridge Innovation Center, em Kendall Square, uma versão contemporânea da *Rue de Fleurus 27*, a mítica casa dos Stein onde artistas, escritores e os gênios do outro século se encontravam. Nessa área de prédios de alta tecnologia e repletos de inovações e criações, situa-se o MIT, Massachusetts Institute of Technology. A inteligência artificial, que salvará ou destruirá a humanidade, caminha a passos largos nessa cidadezinha de apenas 18,42 km^2 onde há a maior densidade de gênios do mundo.

Um século antes, na *Rue de Fleurus* 27, as artes habitavam a casa de Gertrude Stein. Durante os sábados à noite, artistas e escritores norte-americanos expatriados — a "geração perdida", como escreveu Hemingway em *Paris é uma festa* — festejavam as letras, as cores e a verdade nos vinhos, romances e pinturas. Georges Braque, André Derain, Max Jacob, Guillaume Apollinaire, Marie Laurencin, Henri Rousseau, Joseph Stella, Pablo Picasso, Ernest Hemingway, Scott Fitzgerald, Sinclair Lewis, James Joyce, Ezra Pound, Thornton Wilder, Juan Gris, Sherwood Anderson, Francis Cyril Rose, René Crevel, Élisabeth de Gramont, Francis Picabia e Claribel. Cone, Mildred Aldrich, Carl Van Vechten e Henri Matisse frequentavam esse mítico local. Uma ode ao amor e às guerras por um ideal utópico.

Na sala de Stein, uma coleção de óleos e aquarelas de Paul Cézanne e as primeiras pinturas de Henri Matisse e Pablo Picasso. Inspiração pura. Em outras veredas, na entrada do Cambridge Innovation Center, apenas uma luz fria, um datashow e um carpete sofrido e sujo. Mas, nesse mesmo lugar, o brilho dos pesquisadores acanhados fascinava; se nas paredes do ateliê de Stein havia pinturas consagradas, em Cambridge, a arte era ciência. Numa típica noite de sábado, Gertrude Stein recebia seus convidados em sua cadeira renascentista, com um livro nas mãos e vestido de veludo marrom; um século depois, numa atípica noite de sexta-feira, promissores cientistas de Boston expunham suas paixões.

Gertrude, ex-aluna de Harvard, tornou-se poeta e escritora vanguardista. Norte-americana, vivia em Paris cuidando do acervo de pinturas da família. Mentora de escritores e artistas (como de costume, há sempre uma mulher por trás dos homens, não porque desejam assim, mas porque nos renegam sempre o protagonismo da história), costumava responder, quando acusada de "gênia", que "ser gênio exige um tempo medonho, indo de um lugar a outro sem nada fazer", ou então: "um gênio é um gênio, mesmo quando nada faz". Cristina, bióloga, doutora em imunologia, coordenava essa rede interdisciplinar de conhecimento, incentivando os lampejos dos gênios de Harvard e da MIT.

Depois do jantar na casa dos amigos em comum, empolgada com meus casos e com os meus desvios acadêmicos, Cristina me convidou para falar no PUB Boston. A maioria dos encontros girava em torno da ciência e três pesquisadores falavam durante vinte minutos sobre suas descobertas, artigos, *startups* e patentes que impactariam milhões de pessoas. Mais uma vez, eu só podia estar no lugar errado! O que uma impostora, falsificadora de notas de hebraico, aspirante a escritora e pesquisadora em literatura poderia contribuir com uma rede científica?

Depois da apresentação sobre o uso do satélite da NASA no combate epidemiológico da malária, realizada por uma professora brasileira de Harvard — talvez a maior especialista do mundo em saúde pública (anos depois, Márcia se tornaria a voz da ciência durante o combate à pandemia) —, e de uma pesquisadora da MIT sobre o uso da inteligência artificial na descoberta de novos planetas e galáxias (seu grupo conseguiria tirar a primeira "foto" de um buraco negro), surge no mesmo palco uma escritora pesquisadora que tinha acabado de comer um pão de queijo com guaraná (os eventos ofereciam esses quitutes para que nos sentíssemos em casa) e estava aflita e se sentindo (mais uma vez) uma impostora naquele lugar.

Assim, sem saber onde pisava e com um sorriso ridículo, iniciei a minha palestra. O que se passou debaixo daquela luz fria, nem cientistas nobélicos, scholars, funâmbulos videntes (tampouco os mais criativos ficcionistas) poderiam imaginar. O público, ávido por ciência, tecnologia, transformação e informação, ficou (pasmem) se deliciando com as histórias e ficções que saboreavam através de mim.

Serendipidade!

Sim! Eles sentiam uma experiência coletiva e epifânica da arte, um compartilhamento de sensibilidades recalcadas. Hipnotizados, tocados por um misterioso sentimento de humanidade, prestavam atenção nas palavras e nos vislumbres da arte (e no meu corpinho de atleta). Os vinte minutos viraram uma hora. Cristina, num misto de prazer e dor, tentava pôr um fim na performance artística, mas todos permaneciam imersos na experiência.

Como diria Jacques Rancière (de quem, em breve, eu tomaria uma bronca), a arte não precisa ser objeto de concordância, nem mesmo de uma "fusão dialética de horizontes" entre autor e espectador, ou mesmo entre os espectadores, mas, sim, uma experiência coletiva do dissenso, uma nova partilha do sensível. Tanto na casa de Gertrude Stein quanto no PUB Boston, todos partilharam esse dissenso do sensível, não pela obra artística ou por meio do poder do artista, mas em cada um individualmente. Eles resgatavam a própria experiência não mais limitados ao necessário e ao útil, nem mais estruturados pelas hierarquias do bom e do aprazível, mas sentindo — e se sentindo —, num estado possível e pulsante, além do pragmatismo científico.

Que momento! Instantes efêmeros de glória. Fragmentos que ainda se estenderiam um pouco mais. Ao fim da apresentação, vários cientistas confessando experiências e lembranças vieram conversar comigo: como falei do testemunho, das invenções e subversões das memórias, das reminiscências que nos obrigam uma recriação ficcional do passado, despertei a alma adormecida de alguns. A arte tem esse poder. Essa sedução. Essa força de conjunção e união.

Em seguida, atenta à possibilidade de colher os frutos da fama, fomos para outro pub, agora no hall do Hotel Liberty — lugar que tinha sido uma prisão e onde eu me libertaria. Construída em 1851, a Cadeia da Charles Street ou do Condado de Suffolk abrigou presos famosos, incluindo John White Webster, James Michael Curley, Malcolm X e Sacco e Vanzetti. Um século depois, o Tribunal Distrital dos EUA decidiu fechá-la por conta da superlotação, dos abusos e da violação dos direitos, e um projeto arquitetônico a transformou num hotel com trezentos quartos, com bares e restaurantes circundando o hall central que um dia foi pátio da prisão. Celebridades emergentes do PUB Boston e do mundo costumam beber, dançar e desatar o último fantasma cativo que ainda paira naqueles ares.

Bêbada depois da minha segunda cerveja, fui paquerada por vários pesquisadores interessantes. Com a minha libido em alta, desejava todos; almejava subir num daqueles quartos prisionais e casar, ter filhos, família, dinheiro, fama e sucesso dentro e fora dessa prisão; queria todos, todos cativos comigo!

Mas, por conta desse olhar desfocado e desse desejo desgovernado, fui perdendo o rumo e me tornando vítima das minhas ficções. Resolvi, depois de certa hesitação, mirar um neurocientista gaúcho. Aproximei-me com um sorriso, toquei *air violins* e, convicta, mostrei que estava prontinha para um beijo a fim de selar aquela mitológica noite.

O neurocientista, buscando se esquivar da situação e apaziguar a chegada raivosa de sua namorada — a extraordinária fotógrafa das galáxias —, derramou (propositalmente?) toda a sua bebida na minha roupa. Fugi da fúria da galáctica para o banheiro e tive que me contentar com *air kisses*, se é que existe essa inestética modalidade de rejeição.

E não é que na saída do banheiro, depois de ficar um tempo me aquecendo com um secador de cabelo (era inverno, não podia sair ensopada da prisão), tropecei num outro cientista do grupo — meu futuro ex-namorado?! Serendipidade.

Aos casos dos acasos

Quanto da serendipidade é apenas superstição? Há talvez um Deus algorítmico — ou uma inteligência artificial — guiando o destino, buscando pela palavra-chave, pela linha tênue do acaso até se deparar com o amor? Será que toda narrativa é também casual? Será que você, K, autora-impostora, nesta história foi divinamente inspirada? Ou apenas criou esses casos e acasos? Todo o crédito da literatura deveria ser dado à mente da intérprete que atribuiu significado aos versos escolhidos aleatoriamente? Ou será que toda as descobertas verdadeiras são uma ligação entre passado e presente, uma sessão em que o natural e o sobrenatural se confundem e se transformam em um livro? Na sua autoficção, K?

Dra. M. K.

10

Na chaminé com Jacques Rancière

A experiência do viver permite ao tempo o seu fluir, embora, atentos às *desimportâncias*, perdemos o seu passar. Esquecemos da fruição do percurso quando as expectativas tardam a se realizar, quando os anseios nos deixam sem ar para o sentir e quando buscamos angustiadas pelo fim antecipado das dores e do luto.

Ávidas, desejamos o encontro definitivo com os amores sem aproveitar o prazer das perdas; cegas, urgimos para que os sonhos sucedam ou se evaporem; absortas, galopamos rumo a um futuro atormentado de passado. Tempo pretérito, tempo porvir; tempo extinto, recriado em palavras e ficções.

Mesmo diante dos eventos fabulados, a presença-ausência dos amigos ainda resiste. Robert Frost, aluno de Harvard de 1897 a 1899, dizia: "Quando um amigo me chama lá da estrada / E puxa o arreio do cavalo para uma marcha lenta, / Não fico parado olhando ao redor / (...) Eu vou ao muro de pedra, / Para visitar um amigo." Para um amigo, sempre há um tempo que não deve passar.

Meu querido Ernest, o Virgílio sorridente, meio filipino meio havaiano, *boludo* e arlequim, nos guiava por trilhas incomuns, *roads not taken*. Nunca sentiu o peso do meio competitivo que era a universidade; pelo contrário, sua turma, formada de estudantes de todas as partes do mundo, era um oásis de leveza e alegria. Nos fins de semana, jantar na casa de amigos com direito a basquete e futebol americano, cervejas, *guacamole* e maconha medicinal seguidos por *shake your ass* em algum pub. Nos sábados pela manhã, além de um *brunch* com bacon *kosher*, visitas e compras nos brechós de Boston. Se o norte-americano típico é um consumista, Ernest é um anarquista revolucionário; não foi nem uma vez nem duas vezes que ele comprou, usou e ainda fez questão de nos presentear com meias, calcinhas e cuecas usadas. O reciclar era seu dever cívico, quase uma obrigação religiosa (confesso que nunca tive coragem de usar as calcinhas de segunda "bunda" que ganhei).

No nosso grupo de amigos, havia o Simos, cipriota robusto, estilo Shrek, mestre por Oxford e doutorando em grego que andava pelo *campus* de Harvard sempre com medo. Dizia que alguém o acusaria de impostor, obrigando-o a sair dali. Outro, o Alberto, da Guatemala, estudioso do Quixote, cultivava um bigode *à la* Clark Gable, uma pasta James Bond e roupas que não se conformavam com o aumento excessivo de peso, e contava que havia tentado entrar em sete universidades — Yale, Dartmouth, Columbia, UPenn, MIT, Chicago —, porém, só Harvard o tinha aceitado, claramente um engano. Havia também a genial Penélope, argentina, essa, sim, não se sentia no lugar errado — era mais inteligente que a média, mesmo em Harvard!

Todos sofríamos (exceto Penélope) da síndrome do impostor, um sentimento de falsidade, inadequação e de não pertencimento ao lugar; uma perene sensação de que as suas conquistas e qualificações são insignificantes e desprezíveis frente às do idealizado colega. Distúrbio leve ou comprovação científica? O fato é que eu, Ernest e nossos amigos, perdidos pelos corredores da biblioteca Widener, tínhamos certeza da nossa fraude. Bastava olhar para uma das milhares de estantes e não ser capaz de encontrar um livro sequer que já havíamos lido (exceto Penélope).

Enfim, enquanto não éramos descobertos, passávamos dias felizes no *Periodicals*: área "51" da Biblioteca Widener onde recebiam os últimos artigos e jornais e onde havia mesas e cadeiras de estudos de design inglês para nos sentirmos dentro de um romance de Shakespeare.

A rotina por lá era exaustiva: às 9h, iniciava-se o trabalho, mas às 9:20 era hora de tomar um café, afinal, nem mesmo os alunos de Harvard são de ferro. Eu, Ernest, Simos e Alberto saíamos da Widener para um expresso já reclamando das obrigações do dia (enquanto isso, Penélope estudava). Em torno de 10h30 voltávamos, e às 10h45 iniciávamos uma peregrinação pelos infinitos corredores da biblioteca (treze andares em que, mesmo sabendo a localização do livro, acabávamos perdidos). Algumas vezes, nos deparávamos com casais se amassando — algumas vezes, eu e o Ernest nos amassávamos. Por volta de 12h15, retornávamos com os livros que nunca seriam lidos, porém, era hora de almoçar uma salada em algum dos prédios do *campus*, e às 13h30, compromisso na Gato Rojo, na Dudley House, morada dos calouros, para tomar outro expresso e comer um cookie, afinal, ninguém é de ferro, nem mesmo os alunos de Harvard. Voltávamos para os nossos assentos por volta de 14h30 (e Penélope nem tinha se movido — havia almoçado seu tradicional sanduíche de atum) e era hora de conferir os e-mails e combinar os jantares dos próximos fins de semana (o pessoal de Harvard é bastante sério e precisa se planejar com antecedência). Por volta das 16h30, hora de um novo café para dar ânimo e para os *updates* do dia. Finalmente, entre 17h e 17h30, a labuta ia se encerrando —

alguns tinham esposas e filhos e não podiam mais continuar com essas pesquisas revolucionárias. No meu caso, por volta de 18h, tinha que sair correndo para o compromisso inadiável: jogar squash (e, acreditem, Penélope ainda estava na mesma cadeira e, com um sorriso simpático, me dava um *hasta mañana*, querida!).

A Widener, que alguns chamam de Paraíso, com cerca de 3,5 milhões de livros dispostos em estantes paralelas, escadas circulares e infindáveis, foi construída em homenagem a Harry Elkins Widener, um ex-aluno bibliófilo de Harvard que morreu no naufrágio do Titanic em 1912. O acervo babélico inclui obras em mais de cem idiomas e foca as ciências humanas e sociais. São 92 quilômetros de prateleiras e 8 quilômetros de corredores: ou seja, um labirinto para se vasculhar com uma bússola, um sanduíche e todos os sonhos do mundo. Dentre os livros raros, há um tesouro: a Bíblia de Gutenberg, avaliada em 5 milhões de dólares. Primeira grande obra impressa na Europa, o texto é a versão da *Vulgata Latina* de São Jerônimo preparada por estudiosos de Paris no século XIII. Estima-se que a tiragem dessa Bíblia variou entre 70 e 270 exemplares, a maioria impressa em papel, porém, ao menos 45 cópias em pergaminho.

Sempre com cuidado para não derramarmos café, admirávamos, logo na entrada da Widener, uma das 23 cópias sobreviventes. Só o primeiro volume fica em exibição, por conta de uma tentativa de roubo. Na noite de 19 de agosto de 1969, um impostor devidamente equipado se escondeu no banheiro (assim como eu na aula do Bhabha) até fechar a biblioteca. Bem ao estilo de *A carta roubada*, de Poe, desceu por uma corda quebrando uma das janelas da sala e, após arrebentar a vitrine onde ficava essa Bíblia, colocou os dois volumes na sua mochila. Porém, o palerma se esqueceu do "peso do conhecimento" (em torno de 20 quilos), e a corda não foi capaz de sustentá-los; o mentecapto caiu de uma altura considerável e, semiconsciente, foi preso pelo vigia do prédio por volta de 1h da manhã.

Casos e acasos desse império do conhecimento.

Durante um desses cafés, a turma me convidou para assistir uma palestra de Jacques Rancière — o scholar francês estava passando a semana como professor convidado e todos comentavam dos seus célebres livros e ideias e de por que diabos não penteava o cabelo. Conhecia alguns de seus trabalhos e tinha acabado de citá-lo num texto: "A linguagem poética que se conhece como tal não contradiz a razão. Pelo contrário, lembra a cada sujeito falante que não tome a narrativa das aventuras de sua mente para a voz da verdade. Todo sujeito que fala é o poeta de si mesmo e das coisas. A perversão é produzida quando o poema é dado como algo que não seja um poema, quando quer ser imposto como verdade, quando quer forçar a ação."

Apesar de desanimada em ter que ouvir um monte de teoria abstrata e fazer cara de inteligente, ia ser bom praticar o francês, estar com o pessoal do *Periodicals* e me distrair um pouco, já que meu compromisso inadiável, o squash, havia sido cancelado. Claro, também teria histórias para contar e invejas para semear; me gabaria por ter conhecido e discutido estética, arte e política com o Rancière durante um seminário privado em Harvard.

Mal sabia o que iria acontecer.

Não conhecia bem o *campus* e acabei me perdendo até encontrar o local do seminário. Por ser um evento restrito, somente para "escolhidos", o ego dos participantes estava ainda mais inflado. Quando cheguei, todos me olharam com desdém (por ser mulher? Brasileira? Ou por estar atrasada?). Não tinha mais lugar para sentar, porém, algumas pessoas se acomodaram ao fundo da sala sobre as mesas, e vi um último espacinho sobrando. O professor responsável pela organização da *Lecture* tinha acabado de apresentar o francês e ele, por sua vez, retirava do bolso um calhamaço maltratado que leria durante a apresentação.

Mes amis, mes bons amis, que palestra chata! O despenteado não tinha entonação, lia com a sensibilidade e a ardência de um defunto e jamais compartilhava um olhar com o público. E cada vez mais os seus papéis amassados se misturavam e o pesquisador da Sorbonne se enrolava. Pior é que todos faziam um semblante compenetrado, pareciam interessados e atentos. Será que o Rancière falava algo que só eu não compreendia? Provável.

Enfim, o tempo passava, o calhamaço não diminuía, e aquele francês arrastado ia se tornando uma saudosa canção de ninar. Então, embalada pela desarmonia do canto, lembrando dos biquinhos *sexies* dos francesinhos que beijei na *Maison du Brèsil*, compondo livres associações entre Hemingway, Horton Bay, meus amores na cidade das luzes, livros, secretários, lagostas, *macarrons*, *ratatouilles*, *madeleines*, Dante, Beatriz... *voilà*, adormeci!

Como estava sentada numa mesa sem encosto, tombei lentamente para trás e, de pernas para o ar, dei uma meia-volta supinada sobre o meu próprio umbigo. Mas, numa palestra tão especial assim, não seria apenas um reles tombo que ficaria registrado. Ao cair e girar em torno do meu desleixo, me estatelei dentro da lareira que estava atrás de mim; não estava acesa, mas o barulho foi estrondoso. Rancière e o organizador do evento se ofenderam, começaram a reclamar do fuzuê que se instaurava na sala. Em pânico, mas ainda sonolenta (e sem a capacidade de entender tantas broncas — por ser mulher? Brasileira? Ou por estar estatelada na lareira?), tentava apenas escapar daquele círculo do inferno e me limpar das cinzas (agora compreendo o sarcasmo da figura de Dante comendo madeleines durante os últimos segundos do meu sonho). Escondendo a vergonha, os ferimentos e o ego, pedi desculpas e continuei imóvel e cheia de cinzas durante o resto da apresentação.

Após esse evento, acabei me tornando uma celebridade entre os professores, scholars e alunos do departamento. A história ainda tomou proporções maiores: sempre que me viam na Widener, debochavam do "Mamãe Noel Judia" que tinha caído (sem presentes) pela chaminé da faculdade.

À jovem escritora policial

Se, como argumentou Marx, o filósofo produz ideias; o poeta, poemas; o eclesiástico, sermões; o professor, tratados; o criminoso, crimes... então é de se esperar, K, que produzirá imposturas e ficções?

É fato que tanto os criminosos quanto os escritores retiram do mercado de trabalho uma parte da população "honesta" em razão dos delitos escritos e dos delitos perpetrados. Além disso, eles são responsáveis por criar e absorver a outra parte da população justamente para lutar contra eles. Criminosos e escritores, portanto, realizam uma "compensação natural" entre os trabalhos "úteis" e "inúteis".

A influência dos criminosos e escritores na força produtiva da sociedade é fácil de perceber: as fechaduras de casas e as narrativas teriam alcançado esse nível de engendramento se não existissem ladrões e ficcionistas? As *fakenews* e a religião teriam proliferado sem a criatividade milenar dos autores? Se os falsários nunca tivessem existido, teriam as notas bancárias e a literatura atingido tamanha precisão e verossimilhança? E até o *golem* contemporâneo — o ChatGPT, com suas criações, ilusões, surtos e alucinações — seria capaz de mimetizar as imposturas dos humanos?

Bem-vinda à sua cena do crime, K! E obrigada por me subverter.

Dra. M. K.

11

Pornografia e Holocausto

Em 1999, o pastor luterano Ronald Thiemann, reitor da Divinity School — uma das mais lucrativas da universidade; afinal, quem não gostaria de receber um título de "divindade" concedido por Harvard —, pediu para que os técnicos da informática transferissem os arquivos do seu computador para um outro (*it rings a bell*). Durante a tarefa, centenas de fotos pornográficas pererecaram na tela; não foi a primeira vez que isso aconteceu, imagens com esse calibre bulinavam "por acaso" durante seus cursos. Depois de muita pressão, Thiemann foi afastado do cargo, mesmo sendo defendido pelo advogado da Harvard Law School, Alan Dershowitz — o mesmo que abrandou as penas dos abusadores sexuais e feminicidas O. J. Simpson, Mike Tyson, Harvey Weinstein e Jeffrey Epstein. Dennis Prager, figura de direita não menos controversa, defendeu o amigo ao escrever num artigo que os Estados Unidos perseguem os heteronormativos (oi? Heteronormativos ou estupradores?). Sempre casos de assédios, abusos e crimes desses homens de extrema-direita "pró" família e religião.

Após mais um dia de trabalho na Widener, fui apresentada a um colega francês. Além de ser especialista em grego e sânscrito, falava outras sete línguas. Conversamos em bom português — sua gramática e seu vocabulário eram mais apurados que o meu. O sujeito, no entanto, tinha algo de incomum: além de falar sem parar e de ter conjecturas, deduções e conclusões sobre todos os assuntos, engendrava um afluxo de conexões que deixava qualquer um desnorteado. Sabendo das minhas origens, discursou sobre Ouro Preto e Mariana e teorias sobre a maçonaria e pedras filosofais de que nunca tinha ouvido falar. Em seguida, fez um link entre o Pelourinho, Derrida e a macumba, saltando para curiosidades acerca de Moçambique. Por fim, acabou entoando como um barítono um trecho do Mia Couto: "Cada um descobre o seu anjo tendo um caso com o demônio." No meio dessa sua *insustentação* oral, expressões em latim, russo e grego brotavam. De repente, em inglês e hebraico, me revelou algumas de suas experiências sexuais e das vezes que foi preso.

Marcel, em seu monólogo esquizofrênico, me contou que tinha tara por transar em locais públicos e em salas secretas da universidade. Confessou-me que brincou com um muçulmano no prédio do Harvard Hillel, que quase foi pego no Harvard Faculty Club (local exclusivo para "membros") por se masturbar no banheiro e que adorava "fecundar" as estátuas pelo *campus*. Contou-me da primeira vez que foi suspenso: transava com uma caloura finlandesa num lugar secreto da Widener e foi surpreendido pelos seguranças, que o observavam por uma das câmeras de vigilância; retornou à delegacia quando incomodou os vizinhos com os sons de sua performance sadomasoquista.

Puxa, era muita informação sexual. Eu já tinha lido que, para se formarem, os alunos de Harvard tinham que cumprir três rituais: correr pelados pelo *campus* numa noite gelada, conhecida por Primal Scream, fazer sexo num dos corredores da Widener e urinar ao pé da estátua de John Harvard, local de peregrinação no qual os turistas tiram fotos acariciando esse (o)abjeto centenário-mijado. Consumar ritos é importante, mas parece que Marcel exagerava.

Marcel me contava do tesão que sentiu na delegacia com os policiais uniformizados quando, de repente, aparentou receio com o que estava prestes a me dizer. Sabendo que eu era judia, disse que tinha estado com uma poeta israelense, porém, aquilo que ela havia pedido era "demais".

O que poderia ser "demais" para esse lunático saco-sacro?

Marcel descreveu em detalhes o jantar romântico que teve com ela. Ayala o convidou para ir a um restaurante com uma proposta diferente: *Dark Dining*, "jantar às cegas". Numa luxuosa mansão em Beacon Hill, eles receberam, logo na entrada, uma máscara para cobrir os olhos. Ayala disse que o uso da venda estimularia os segredos-sentidos e os dois dariam atenção profunda ao paladar, ao olfato e ao tato. Além disso, surpresas e lembranças surgiriam à medida que adivinhassem os sabores e seus significados e significantes. Em seguida, uma prática quase meditativa ocorreria ao ouvirem poesias e contos proferidos por um trovador. Marcel disse que estava gostando da experiência e que tinha ficado interessado por Ayala.

Em sua casa, Ayala propôs continuarem com a brincadeira. Penumbra, incenso e alguns objetos entraram no jogo das descobertas dos corpos. Marcel estava excitado, porém, quando Ayala colocou uma música do Rammstein, achou estranho; "porque ela, neta de sobreviventes do Holocausto, ouvia uma banda alemã que fazia apologia ao nazismo?" Bom, respirou fundo, "já transei com uma brasileira ouvindo Xuxa e com uma cubana que me obrigou a transar escutando todo o discurso 'La historia me absolverá', do Fidel Castro".

Ayala foi ao seu quarto e, ao retornar, pediu a Marcel que vestisse uma roupa, botas e um chapéu. Vendado, não se importou em colocar o que julgou ser um uniforme. Então, as coisas começaram a esquentar — ela espalhou incensos pelo quarto, aumentou o som e começou a sodomizar o Marcel. Foi quando ela começou a vociferar: "Heil Hitler! Jud Süss! Mein führer! Jud Süss!"

Nesse momento, Marcel ficou assustado. Retirou a venda dos olhos e se aterrorizou ao constatar que estava com um uniforme cheio de suásticas, que Ayala tinha pintado um bigodinho de Hitler em seu rosto e que na tela do computador passava o filme *Ilsa, She Wolf of the SS* — a história Ilsa, uma comandante da SS que estuprava e praticava atividades sadomasoquistas todas as noites com algum prisioneiro judeu e, em seguida, o matava. Ele, com medo de se tornar a próxima vítima, fugiu do apartamento da israelense.

Marcel se calou (fato tão inusitado quanto uma judia gritando *Heil Hitler*) e, antes de me largar com aquela imagem e de impetrar pânico para os meus futuros *dates* judaicos, disse-me que essa era uma tara comum israelense.

Como assim? Uma tara das judias israelenses? Já tinha vivido em Israel, lido vários livros sobre erotismo, feito pesquisas, saído com garotas e garotos e nunca tinha ouvido falar desse assunto. Fiquei intrigada, porém nem sabia por onde começar a investigar. Até mandei uns e-mails para o Marcel, que nunca foram respondidos.

Um dia, tomando uma cerveja com a turma, mencionei as revelações de Marcel e o meu desejo em saber mais sobre "essa tara israelense". Todos riram e começaram a contar outras estripulias sexuais que também tinham ouvido, mas ninguém me deu mais informações. Por volta da meia-noite, recebi um e-mail de um dos meninos que estava no bar: "se você quiser saber sobre essa tara, podemos tomar um café amanhã às 9:00am no Gato Rojo." Lembrei-me da frase do Mia Couto que o Marcel tinha citado, "cada um descobre o seu anjo tendo um caso com o demônio", e respondi que sim. Confesso que fiquei excitada — Bernard tinha uma pele cor de neve, olhos azuis e um silêncio enigmático. Também fiquei temerosa: vai que eu teria que performar uma *SS* para ele!

Encontramos, tomamos um café, conversamos sobre as suas pesquisas — ele estava vinculado ao departamento de francês e escrevia uma tese sobre Alain Robbe-Grillet; por serendipidade, eu tinha acabado de ler *O voyeur*, esse misterioso *nouveau roman*, com assassinatos, perversões e subversões da língua e da ficção. De repente, Bernard disse "para saber mais sobre essa tara, busque por Stalags", levantou e partiu. Frustrada e excitada (já estava treinando mentalmente o meu alemão), tive que aquietar meu desejo e voltar a Widener.

Depois de me perder mais uma vez pelos corredores da biblioteca, encontrei uma seção com essas revistas. Os Stalags são livretos sexuais que narram cenas de tortura, sadismo e dominação perpetrados aos judeus por oficiais femininas da *SS* (esses homens e suas perversões). A série Stalag foi um fenômeno de vendas durante os primeiros anos da década de 1960, sobretudo entre os filhos e as netas dos sobreviventes do Holocausto. Durante o julgamento de Eichmann, em 1961, começou a circular a primeira versão dos livretos conhecida como *Stalag 13* (essa que agora repousava em minhas mãos). Conta a história de Mike Baden, um piloto inglês que fica preso num dos Campos nazistas e sofre abusos sexuais de um regimento *SS* composto de mulheres com roupas e corpos provocantes. Narra práticas sadomasoquistas e, ao final de tanta exploração e tortura, os prisioneiros conseguem se libertar e se tornam, então, os torturadores e exploradores sexuais das *SS*. Todos têm o mesmo enredo: soldados paraquedistas norte-americanos e britânicos presos pelos nazistas, levados aos Campos Alemães Permanentes e, nesse local, um grupo de mulheres *SS* com uniformes insinuantes e seios avantajados torturam e estupram esses soldados aliados junto com alguns judeus.

Dediquei-me à leitura de artigos acadêmicos para tentar compreender esse desvio: muitos da geração da Ayala se atraíram pelos Stalags, encontrando nas torturas, nos abusos e no sadismo uma porta de acesso aos sofrimentos e aos silêncios impostos pelos pais. Essa relação de dominação sado representava o conturbado passado dessa sociedade *israeli* constituída por milhares de sobreviventes dos Campos que se calaram ante ao trauma vivido. O que se encontra nos Stalags é mais que uma questão de violência sexual, mas uma forma de inversão de ordem e de poder dessa "nova" sociedade que emergia sob a névoa e a dor recente do extermínio.

Fiquei curiosa e investiguei sobre o filme que passava no computador de Ayala durante o evento com Marcel. Enquanto os Stalags eram baseados em momentos-chave que surgiam durante o Julgamento de Eichmann, esse filme apresentava cenas de torturas inspiradas em personagens reais nazistas. O nome Ilsa referenciava a criminosa de guerra Ilse Koch, esposa do *SS* Karl Koch que comandou Buchenwald e Madjanek, conhecida como "The Bitch of Buchenwald". Segundo testemunhos e provas, Ilse utilizava pele humana para construir suas lâmpadas e golpeava prisioneiros que a olhassem enquanto ela os provocava trajando uma minissaia sem calcinha. Apesar dessa nota explicativa apresentada no início do filme, a construção desse *trash* não representava um documento ou uma ficção histórica. Esses filmes malfeitos foram lançados e comercializados posteriormente às Stalags na Europa e nos Estados Unidos.

Que descoberta! Essa investigação apareceria em alguns dos meus artigos e, claro, nas minhas autoficções. Infelizmente, não consegui nada com Bernard, que permaneceu enigmático e misterioso, recusando minhas investidas e meus convites para uma brincadeirinha de Stalags.

À jovem violenta e erotizada

No livro *Erotismo*, Bataille estuda a violência a partir das proibições. Ele argumenta que o ato de trabalhar e de racionalizar foi o responsável pela supressão do instinto animalesco; o ser humano nunca deixaria de ser violento, apenas cercearia sua agressividade em favor da coletividade, dando vazão às forças produtivas em detrimento aos prazeres improdutivos.

Será que isso também acontece no ato da escrita, K? A ficção como forma de trabalhar, racionalizar e suprimir a violência e os instintos primários? Ou a ficção justamente permitindo toda erotização e fingimento que a sociedade só é capaz de margear?

Como escreveu Milan Kundera: "O espírito do romance é o espírito de complexidade. As coisas são mais complicadas do que o leitor pensa."

Sim, K, aqui as coisas são muito mais enigmáticas. E, por isso, despertam tanto tesão-tensão-pulsão.

Dra. M. K.

12

"Momentos Nicolau Sevcenko"

Em 2001, o então professor da USP, que se tornaria em 2009 catedrático de Harvard, Nicolau Sevcenko foi inquirido por Antônio Abujamra (meu veterano na *Maison du Brésil*), em seu programa "Provocações": "além do suicídio, o que você nos aconselha?" Nicolau, com a leveza de um sábio, a erudição e humildade de um mestre, sorriu "Uau!" e, após uma gargalhada nervosa, nos saudou com um propósito: "Eu espero que não. Espero pelo contrário. Que (continuar) seja um grande gesto de amor à vida, de amor ao ser humano, de tentar lutar contra esses processos que tentam colocar outros princípios e outros valores à frente do ser humano, à frente da natureza e à frente da nossa relação harmoniosa uns com os outros, como irmãos que somos da mesma espécie. Enfim, é para isso que nascemos, para sermos felizes e para vivermos em harmonia com a natureza". Interrompido e provocado por Abujamra, "Isso é religioso?", Nicolau continuou: "Não. Eu acho que isso é ético. Que isso é humano. Eu acho que isso é a inspiração que todos nós trazemos do berço."

Durante nossos cafés, o pessoal contava anedotas de um professor celebridade e me encarava aguardando algum comentário. Diziam que ele era famoso, que suas aulas na USP e no Kings College atraíam centenas, e por vezes milhares de alunos, que tinha escrito livros com teorias inovadoras e que sua erudição era acima da média até mesmo para os padrões de Harvard. Eu fazia um semblante de que estava familiarizada com todas essas histórias e mudava de assunto (a verdade é que não o conhecia). Sabia que tinha um nome russo, andava pelo *campus* com um "Dr. Pepper" pela metade, um monte de papéis amassados, roupas desleixadas, sapatos desamarrados, uma baita barriga exposta por conta das roupas de tamanho três números menores, e para completar a figura anedótica, um mistério o cercava: será que usava uma peruca loira ou era apenas um corte de cabelo esquisito?

Caminhando mais uma vez atrasada pelo *campus* de Harvard (parece que não tinha aprendido nada, mesmo depois da bronca do Rancière), notei, espalhado pelos prédios, um convite para um evento que me chamou a atenção: "Um tributo ao cantor e compositor brasileiro Luiz Gonzaga — performances de Barbara Freitas (Vocal), Marié Abe (Acordeão), Sandro Scoccia (Baixo), Anne Silva (Percussão) e Marcus Santos (Zabumba). Apresentação, Nicolau Sevcenko." Já que minha agenda tinha acabado de liberar — um *paycheck* de um *jewish date* —, decidi comparecer. Era hoje, ao som de "Asa Branca", que eu me depararia com a lenda — e concluiria se era ou não uma peruca que adornava a sua inteligência.

A apresentação começou de forma surpreendente: uma japonesa tocando acordeão, o que, para nós brasileiros, era uma experiência surreal. O repertório tocado ("Asa branca", "Xote das meninas", "Cinturinha fina", "Ovo de codorna", "Numa sala de rebocos"), mesmo sem o nosso gingado, emocionou. Já na segunda música, os latinos presentes no Tsai Auditorium estavam dançando, se pegando e convidando os "estrangeiros" a se jogarem de corpo e alma aos movimentos do xote e do baião.

Surge, então, no intervalo da performance musical, o desajeitado Nicolau com os sapatos desamarrados. Naquele instante, sentimos um certo embaraço: estávamos revivendo o sabor-saudade do Brasil, as memórias ao som de Gonzaga e o perfume caricaturado da terrinha — fora a bagunça e a excitação no auditório —, quando um scholar de uma universidade *démodé* nos interrompia para apresentar teorias abstratas sobre música e cultura.

Quanta ignorância a nossa.

Então, o pitoresco Nicolau, que, além de tudo era disléxico e tinha dificuldade para encontrar e articular as palavras, tomou um gole do seu "Dr. Pepper", fez uma pausa buscando fôlego para conseguir pronunciar a primeira letra e, *voilà*, fomos transportados para um outro universo! Todos com os olhos abertos, admirados; batimentos acelerados, deslumbrados; todos compartilhando o desejo de levantar da cadeira e abraçar o mestre. Nicolau era mais que um historiador-literário nada ortodoxo; era um contador de histórias, um mágico, um poeta mítico e místico. O semideus da peruca (agora isso era irrelevante) nos teletransportou para as fábulas do "tempo presente e do tempo passado, ambos presentes no tempo futuro" (como o próprio Nicolau gostava de citar, nas palavras de T.S. Eliot).

Filho de imigrantes russos, cresceu na Zona Leste de São Paulo, no bairro da Vila Prudente, num subdistrito chamado Quinta das Paineiras. Seu olhar sempre estrangeiro-revolucionário em relação à sociedade, às artes e até mesmo a um "simples" acordeão — que possibilitou análises inovadoras — foi por conta da sua criação. Nesse bairro, a língua mais comum, embora houvesse gente vinda de vários países da Europa Oriental, era o russo: uma vez, ele confessou numa entrevista que até para comprar um pãozinho precisava conhecer o idioma. Em seu primeiro dia de escola, voltou correndo para casa e buscou em prantos pelo colo da mãe: "Vocês me colocaram numa escola de estrangeiros." Contestado com um sorriso no olhar, "Não, Nicolau, estrangeiro aqui é você; estrangeiros somos nós", teve, talvez, sua primeira epifania, não mais enxergando a "realidade" como aparentava e era imposta.

(O tempo e o fracasso da memória me impedem de resgatar os detalhes dessa *Lecture*; no entanto, a emoção, a admiração e um sentimento clandestino de felicidade permanecem vívidos. A partir deles, recrio e revivo).

Primeiro Nicolau nos levou à China no ano de 1100 a.C., a um local misterioso onde fabricavam os primeiros instrumentos portáteis de sopro, conhecidos como *chengs*. No seu narrar-cantar, Nicolau nos convidou a tocar esse objeto recipiente de ar em formato de um bico de bule ou de pescoço de um cisne, composto por dezessete tubos de bambu. Através de suas palavras, sentimos de forma vivaz o gosto dos bambus dessa lingueta imaginária que produzia sons e histórias de um tempo presente e de um tempo passado, ambos presentes nesse tempo futuro. Acompanhados pela regência do mestre, dedilhávamos acordes no ar.

Depois da visita à Dinastia de Shang (período que durou de 1600 a 1046 a.C.), partimos rumo à Rússia do século XVIII, em São Petersburgo, terra de seus antepassados. Pousamos nossas naves de sonhos no momento em que o *cheng* começou a sofrer adaptações. Com o timbre e os tons aprimorados, viajamos num tapete voador pilotado pelo Comandante Nicolau para a Alemanha de 1822, quando tiveram a ideia de reunir várias lâminas afinadas e fixadas numa placa formando uma escala que virou um instrumento musical, agora tocado com as duas mãos: a *bandaolina*, ou harmónica de mão. Foi aí que Nicolau, em pantomima, esculpiu imagens e narrou o aperfeiçoamento do instrumento em razão do aumento do número de palhetas de metal e do acréscimo de um fole e uma série de botões. Esse aparelho musical, que agora permitia a obtenção de acordes, passou a ser conhecido como acordeão.

Nicolau se soltou ainda mais. Falou, enquanto esboçava uma dança, da etimologia da palavra: acordeão seria a corruptela de acordeom, do alemão *akkordium*, pelo francês *accordéon*. Usou o termo popular "sanfona", do grego *symphonía*, do latim *symphonia* e do latim vulgar *sumphonia*, para nos trazer de volta à realidade e à experiência musical que tínhamos vivenciado.

Sendo o próprio arquétipo do seu imprescindível livro, *Orfeu extático*, narrou a chegada do acordeão-sanfona em terras brasucas: trazido por imigrantes europeus, especialmente italianos e alemães, que se instalaram no Sul do país, recebeu o nome de concertina — um acordeão cromático com 120 botões. Por conta da diversidade de configurações, adaptações surgiram até desembarcar no Nordeste, no início do século XX. Dada a riqueza cultural e musical da região, um novo ritmo, o forró, foi descoberto. Seu mais célebre protagonista: Luiz Gonzaga do Nascimento, o Rei do Baião!

Sensacional!

Já estávamos em êxtase por conta dessa viagem, quando Nicolau começou a nos encantar com as histórias de "Asa branca". Com uma emoção diferente, introjetou a força da natureza, o sentimento da seca, a fome e os sonhos do imigrante presentes naqueles versos. Voamos juntos nas asas dessa ave migratória que resiste e insiste na esperança de um dia regressar. Nicolau recitava a canção nos colocando na pele do próprio retirante e dos expatriados do mundo: a obrigação do exílio em função das dificuldades naturais, das perseguições sociais, da escassez econômica; o sonho de uma vida melhor. Não satisfeito, Nicolau abraçou o mundo inteiro: "Asa branca" incorporando outros gingados e acentos. Com o sotaque do grego Demis Roussos, falou da adaptação ao inglês, *White Wings*. Vestiu outra peruca, agora para se transforma em David Byrne, e falou dessa versão que inseriu a cultura e a língua brasileira no ambiente externo, "invertendo" e "devorando" influências e hierarquias. Falou também das versões de "Asa branca" em japonês, coreano, turco, russo e na língua pulaar do Senegal.

Depois de mais um gole de "Dr. Pepper", Nicolau nos trouxe de volta à China recitando partes da canção em mandarim, "Bai Chibang", transcriada e transculturada. Nicolau, além de nos despertar o sentimento e o espírito de brasilidade, invocava a transcendência do elemento humano. A certeza de que a humanidade é capaz de superar todas as barreiras quando se expressa por meio da arte. Da alegria em viver, como mencionou na sua inesquecível entrevista: "Um grande gesto de amor à vida, de amor ao ser humano. De vivermos em harmonia com a natureza."

Então o Nicolau-Orfeu, agora como professor de Harvard, nos trouxe para essa realidade mais iluminada: "Espero que gostem da segunda parte da apresentação. Obrigado pela atenção."

Que viagem sensorial! Que expansão de sentidos! Aplausos deslumbrados, olhos estatelados, mente flanando sedenta por mais futuros assim. David Foster Wallace criou uma expressão, "Momentos Federer", para os amantes do tênis que sentiam uma experiência religiosa diante da beleza cinética do tenista: "A mandíbula despenca, os olhos saltam para fora e os sons produzidos fazem o cônjuge aparecer na sala para ver se você está passando bem." Se Wallace tivesse participado daquela *Lecture*, teria vivenciado o êxtase religioso do

"Momento Nicolau". A partir daquele dia, tornei-me fã do professor, ansiosa por reviver esses "momentos".

Virei uma *stalker*. Comecei a segui-lo em palestras, cursos, eventos, e até ao seu cabelereiro fui escondida. Ele ministrava uma disciplina sobre literatura e cultura brasileira, e decidi que estaria em todas as aulas — não chegaria atrasada em nenhuma e nem deixaria de ler os textos! As aulas foram incríveis, porém a memória ficcionista me atraiçoa... sou capaz apenas de recuperar mais um "Momento Nicolau": quando falamos sobre Guimarães Rosa e sua "A terceira margem do rio".

Nicolau iniciou a aula com o mesmo ritual: papéis bagunçados, roupas desleixadas e um gole no "Dr. Pepper". Mas desta vez seria intenso. Nicolau não iria nos emocionar nos trasladando pelas veredas deslumbrantes do sertão; ele também se tornaria partícipe da comoção. Engasgado desde a primeira palavra (Guimarães Rosa era a sua maior paixão), falou do texto, escrito em 1962, em pleno interlúdio das esperanças de sua geração. Contou-nos desse personagem, nunca nomeado, habitante dos sertões do Brasil que decide, sem qualquer aviso, razão, motivo ou explicação, abandonar casa, família, amigos e os poucos bens que possuía e se postar numa canoa, no meio do rio, e lá permanecer sem se mover e sem jamais retornar ou alcançar uma das margens. Ao citar as palavras do filho desse canoeiro: "Nosso pai não voltou. Ele não tinha ido a nenhuma parte. Só executava a invenção de se permanecer naqueles espaços do rio, de meio a meio, sempre dentro da canoa, para dela não saltar, nunca mais. A estranheza dessa verdade deu para estarrecer de todo a gente. Aquilo que não havia, acontecia. Os parentes, vizinhos e conhecidos nossos, se reuniram, tomaram juntamente conselho", Nicolau foi acompanhado pela turma, às lágrimas.

Tradutor e amante de *Alice no País das Maravilhas*, talvez desejasse recriar o vale de lágrimas no qual pudéssemos todos repousar nossa canoa. Um convite ao desnorteio da literatura — muito mais que missão — em forma de emoção e arrebatamento. Brilhante, Nicolau se viu no barquinho junto com esse seu personagem-protagonista: um simbolismo do não lugar entre a tradição que abandonava e o futuro que não queria aceitar. Vivemos-sentimos essa atmosfera turva que habitava a desilusão de uma geração desenganada e repreendida por obscuridades e perseguições. Ficamos todos assim, com a mandíbula despencada, os olhos saltando para fora e as lágrimas jorrando euforias.

Bravo, Nicolau! Bravo!

Um dia, num bar que frequentávamos com regularidade, e que era bem alternativo (várias histórias e amores passaram pelo Clube Esportivo Faialense), resolvi falar sobre a minha pesquisa de "literatura de testemunho" com o Nicolau. Contei dos Campos de Extermínio, da tentativa alemã de perpetrar um memoricídio e da história fragmentada da minha família perseguida e perecida nos pogroms. Perguntei-provoquei sobre o seu passado. Nicolau se surpreendeu com a minha indagação tão direta e pessoal (afinal, eu não era o Abujamra e não estávamos num programa "pop" de televisão), mas, mesmo assim, começou a se revelar.

Contou-me que nasceu em 1952 numa família de ucranianos fugidos da Guerra Civil Russa. Disse que alguns conseguiram escapar da eliminação sistemática e da perseguição por serem refratários. Então, suas reminiscências começaram a emergir, e ele não conseguiu segurar a emoção ao falar que sua família tinha sido quase inteiramente dizimada. Ele se recordou do corpo de seu avô sem vida, arrastado como lição pelas ruas da cidade. Como sempre, enxergou a "modernidade benjaminiana" de um ponto de vista inédito e corajoso: "Se eu penso na tragédia da minha família, que foi quase que inteira exterminada por processos modernos como fuzilamentos em massa ou campos de extermínio, eu penso que do ponto de vista da modernidade nós somos uma sobra exótica, escapamos quando não deveríamos ter escapado. É mau para o processo de modernização, que nós tenhamos escapado, porque nós somos uma espécie de entulho, de obstáculo, de entrave, de atraso latente, que não faz bem a ninguém." Logo depois de me revelar dores adormecidas, silenciou-se lastimoso pelo resto da noite.

A última vez que nos falamos foi nesse dia. Nicolau sabia do livro sobre a sexualidade (frágil) masculina que eu estava escrevendo, mas nunca havia comentado nada. Ao nos despedirmos, Nicolau, sempre surpreendente, brincou sorridente: "Brochar é coisa só para os grandes." Então, se despediu (meses depois, partiu para sempre desta vida em seu tapete voador) desejando coragem na minha carreira de escritora e na escrita do livro.

Hoje acredito que Nicolau, ao mostrar o poder e as imagens da memória como um fio, um sopro ou uma nota musical, desvelava os tortuosos enigmas daquilo que lembramos e daquilo que esquecemos para recriar. História, memória e literatura. A imagem tão preciosa da terceira margem do rio, das viagens, do acordeão, e as anedotas, as narrativas dos antepassados inventadas ou reconstruídas, eram as suas (nossas) histórias. Anos depois, compreendo o motivo de me recordar apenas desses momentos-fragmentos: me encontrei nas traduções-tradições de "Asa branca", na história migratória do acordeão, na entrelugar da terceira margem do rio (e da vida), assim como ele. Nós, estrangeiros de línguas e pátrias; seres humanos partícipes da pluralidade memorialística do mundo.

À jovem literata e suas experiências religiosas

Em uma famosa entrevista, David Foster Wallace nos presenteou com algumas verdades: "Olha, se a condição contemporânea é irremediavelmente fodida, insípida, materialista, emocionalmente retardada, sadomasoquista e estúpida, então eu (ou qualquer escritor) posso impunemente ajambrar umas histórias com personagens estúpidas, insípidas, emocionalmente retardadas, o que é fácil, porque esse personagem não exige desenvolvimento. (...) Provavelmente todo mundo aqui ia concordar que estamos vivendo tempos ruins, e tempos estúpidos, mas será que a gente precisa de uma ficção que não faz mais do que dramatizar o quanto tudo é ruim e estúpido? Em tempos sombrios, a definição de boa arte parece que seria a arte que localiza e tenta ressuscitar aqueles elementos do que é humano e mágico, e que ainda sobrevivem e brilham apesar das trevas. A ficção realmente boa poderia ter a visão de mundo mais escura que quisesse, mas ela ia encontrar uma maneira de ao mesmo tempo retratar esse mundo de trevas e iluminar as possibilidades de se manter vivo e humano dentro dele." É isso que suas imposturas pretendem, K? Uma impostora em busca de retratar esse mundo de trevas e iluminar possibilidades?

Então você diria, K, que tanto para David Foster Wallace quanto para Nicolau Svecenko, a "ficção ou move montanhas ou é uma coisa chata; ou ela move montanhas ou não faz nada"? Que o que ela quer é justamente nos oferecer a "porra do ser humano", a experiência verdadeiramente religiosa e artística, mesmo com todas as idiossincrasias, absurdos, contradições e polêmicas? É isso o que você busca, ou é o que ludibria?

Dra. M. K.

13

Dançando no Castelo Lampoon

No filme *Sociedade dos poetas mortos*, jovens de um colégio preparatório resolvem se encontrar numa caverna para falar de poesia e literatura e, como juramento de lealdade à vida (*carpe diem*), recitam parte de um poema de Thoreau: "Fui à floresta porque queria viver profundamente e sugar toda essência da vida. Eliminar tudo que não era vida. E não, ao morrer, descobrir que não vivi."

Henry David Thoreau, turma de 1837 de Harvard, se incomodava com a universidade. Rechaçava a busca competitiva por notas e ego e preferia matar aulas para ir aos bosques de Concord a ficar "aturando" o adestramento dos "barulhentos e imaturos" colegas. Em 1840, recusou a oferta de fazer mestrado e praguejou: "Deixe que cada ovelha mantenha sua pele!" Amigo do também poeta, escritor e filósofo Ralph Waldo Emerson (turma de 1817), ambos discordavam: para Emerson, seu tempo na universidade permitiu que conhecesse todos os ramos do saber e desfrutasse do conhecimento letrado; para Thoreau, esses mesmos ramos eram podados pela instituição, fazendo com que perdessem as "verdadeiras raízes".

(Thoreau e Emerson me inspiravam na juventude: tinha o costume de imprimir poemas e deixá-los dentro da bolsa. Ainda tímida, quando queria dar bola para alguém, presenteava com um poeminha. Os meus preferidos eram: "Walden, ou, A vida nos bosques", do

Thoreau, "Oh Captain, my Captain", do Whitman e umas filosofias de Emerson. Diferente desses poetas, as minhas raízes afugentavam todos os meninos.)

Uma das críticas mais comuns à Ivy League é que os professores responsáveis pelos graduandos não são os titulares das cadeiras, mas, sim, os doutorandos e pesquisadores. Catedráticos como Nicolau Sevcenko, Susan Suleiman e Homi Bhabha ministram cursos na pós-graduação e nem querem saber dos "barulhentos e imaturos" *freshmen*. O adestramento desses recém-chegados fica a cargo de pessoas como Penélope, Marcel, Alberto, Ernest e Simos.

Em Harvard, fui recebida pela minha *sponsor*, Susan Suleiman. Nascida em Budapeste, fugiu com seus pais para os Estados Unidos logo depois do fim da Segunda Guerra. Com mestrado e doutorado em Harvard, fez carreira escrevendo sobre o feminismo; porém, após o seu reconhecimento, resolveu esmiuçar as próprias memórias faltosas, lacunares e traumáticas. Susan veio de uma cidade antissemita, sua família foi perseguida, muitos pereceram, e durante seus primeiros anos, viveu escondida e pronta para fugir. Essa crise-retorno memorialista irrompeu na terceira idade, fazendo com que se dedicasse à literatura de testemunho e aos desdobramentos do Holocausto. Genial, tornou-se referência nesse campo de estudos. E, por incrível que pareça (às vezes nem a ficção dá conta), chamava-me para almoços, cafés e eventos em sua casa.

Nas noites anteriores ao nosso primeiro *rendez-vous*, tive pesadelos: Susan desvendava as minhas trapaças e me enxotava de Harvard; minha foto de algemas circulava nos jornais enquanto eu batia de casa em casa devolvendo as bolsas e os prêmios que recebi ao longo da vida.

Estava tão nervosa durante o almoço que não parava de suar e tremer, mesmo no frio de Boston. Em pânico, não conseguia tomar um gole de água sem engasgar e nem segurar os talheres sem deixá-los cair (o garçom que os trocava me encarava com um olhar acusador). Não comi quase nada e tampouco falei um inglês aceitável.

O que será que a Susan pensou de mim? Será que teve vontade de me extraditar, de me entregar para as autoridades de Cambridge, de tirar um chicote de dentro de sua bolsinha vinho e me aplicar um castigo?

Tentei impressioná-la de todas as formas: comprei um vestido novo, salto alto; pratiquei no espelho o meu semblante, presenteei-a com os meus livros, falei sem parar do escritor que pesquisávamos, Georges Perec. Susan, distraída, retocava constantemente o batom vermelho. Estava tão feliz com o almoço, com o sol e com a vida do lado de fora da universidade, que o meu monólogo era inútil. Enfim, tudo corria bem, até que me fez um convite: "Você podia dar uma palestra no Mahindra Humanities Center. Eu e o Bhabha somos os organizadores dos seminários. Posso marcar?"

Estava ferrada. Será que o pessoal aceitaria uma palestra sobre as "tristezas do squash" ou sobre "os meus problemas intestinais"? Afinal, esses eram os únicos temas que poderiam acrescentar algo no repertório daquele povo. Nada que falasse, inventasse ou até mesmo mentisse seria novidade para os semideuses do centro de humanidades mais importante do mundo.

Tinha pouco mais de quatro semanas para me curar dessa dor de barriga intermitente e para inventar uma palestra. Escolhi um tema que tangenciava minhas pesquisas e que poderia agregar um mínimo ao repertório daquele povinho: "Politics, Literature, and Jewish Identity in Contemporary Brazil" — era sobre isso que dedicaria as horas, angústias e os pesadelos das semanas seguintes. Foram centenas de "momentos diarreia" e ensaios para a minha máquina de café. No início do que chamei de "apresentações Nespresso", ouvia mentalmente um feedback aterrorizante da máquina de café. À noite, ela ainda ressurgia transformada — as cápsulas viravam dentes afiados, o local por onde saía o café se convertia num enorme nariz judeu, e o lugar onde se inseria o refil se transformava num solidéu onde, em vez de escrito "Jerusalém", aparecia "Looser" (além de "perdedora", esses dois "os" ainda me mostravam que era uma reformista frouxa). Foram dias em que realmente acordei de sonhos intranquilos.

Depois dessa primeira semana de ensaios e pesadelos, quase arrumei as malas para voltar para o Brasil. Não precisava dessa apresentação, podia voltar à minha insignificância. Porém, teimosa, continuei praticando para a máquina de Nespresso, que seguia me encarando com um olhar desaprovador.

O *room* 133 do Barker Center foi o palco escolhido para o episódio. Depois das últimas visitas ao banheiro e dos antipsicóticos, cheguei ao abatedouro e... estava lotado! O que esse povo todo veio fazer aqui? Está certo, eu os convidei, mas foi um convite para não ser aceito, só para me vangloriar depois.

Os scholars, entre eles Homi Bhabha e Susan Suleiman, também se surpreenderam; esses eventos atraíam pouquíssimos convidados e era um ritual pró-forma. Mas, como havia chamado o pessoal do Pub Boston, que equivocadamente compareceu em massa, e o querido Ernest tinha intimado nossa turma, umas setenta pessoas ansiavam pela minha crucifixão.

(A ficção é uma arma poderosa: uma *looser* se coloca como protagonista e se enxerga num pedestal ilusório e falseado. Dá foco exagerado a um enredo embusteiro. O fato é que o pessoal não estava nem ligando, esperavam pelo fim da palestra para que fôssemos beber em qualquer bar).

Iniciei a *lecture* agradecendo o convite, fazendo uma homenagem ao poeta que ali esteve (e recordando a jovem impostora): "Fui à floresta porque queria viver profundamente e sugar toda essência da vida. Eliminar tudo que não era vida. E não, ao morrer, descobrir que não vivi." Não conquistei ninguém. Depois disso, não me lembro de nada. Nem sei se esse evento ocorreu. Agora, ao me recordar, edifico *flashs* desfocados e remodelados por fotos e histórias. Não me voltam as palavras e nem me remontam as sensações e as narrativas com as quais modelei os fatos. Rememoro apenas o batom de Susan e o ronco e a baba do Bhabha (será que ele dormiria se fosse um homem palestrando?). Isso, garanto, aconteceu.

A inesperada virtude da ignorância! Terminei a palestra e imaginei que era isso. Que podia voltar para o meu *basement*, meu livro, me dedicar ao squash e as *dates* judaicos nos próximos meses. Mais um engano. Como tinha feito toda a formação na França e no Brasil, imaginava que após uma *lecture*, apenas algum exibido fosse fazer uma pergunta ou algum doido de palestra decidisse falar asneiras, sem me questionar. (A aula do Rancière tinha sido assim: ele não deixou que ninguém o interpelasse, agradeceu e foi embora).

Mas eu não era o Rancière.

Assim que terminei de falar, os scholars começaram a duelar entre si e contra a *speaker* (que no infortunado momento era eu). Uns aceitavam as minhas considerações e me defendiam (como era o caso da Susan Suleiman e da Doris Sommer, uma professora "estrela" com quem tinha trabalhado). Um outro professor, recém-chegado em Harvard, Mariano Siskind, discordava do que eu havia dito. Parecia uma discussão acirrada e de alto nível teórico, porém, desnorteada e sem entender, fiquei mexendo meu pescoço como se estivesse assistindo a uma partida de tênis ou num tiroteio cruzado no qual era atingida por todas as balas. Sangrei por todos os orifícios egoicos, mas continuei viva.

E, mesmo diante de tanta balbúrdia, Homi Bhabha continuava dormindo.

Finalmente, o bar! Estava cambaleante, encharcada de suor e repleta de histórias para inventar. Um dia poderia me vangloriar dessa brilhante palestra na qual até o Homi Bhabha esteve presente, ativo e participativo. A ficção como vingança a uma soneca!

Depois de algumas cervejas, tinha decidido encerrar minha carreira como palestrante em Harvard, até que o Ernest e um outro amigo tiveram a ideia de me convidar para dar umas aulas sobre o judaísmo na obra de Clarice Lispector em seus cursos (a Clarice é um sucesso por lá). Puxa, de novo ia passar as intermináveis tardes e noites com dor de barriga proferindo "apresentações Nespresso". Com certeza, minha máquina de café já estava de saco cheio.

As aulas não foram interessantes — os estudantes, mesmo os de lá, não eram participativos. Achei que tinha dado uma contribuição nula para a formação daquelas ovelhinhas, porém, semanas depois, recebi um convite inusitado de um "ex-aluno": eu seria uma das professoras escolhidas para um evento no Castelo Lampoon.

Confesso que li o e-mail com desinteresse. Ignorância completa. Um dia, ao mencionar o convite, meus amigos do *Periodicals* me olharam surpreendidos, e soube da importância desse *invitation*.

O Castelo Lampoon é um prédio histórico, de design esquisito, que fica na 44 Bow Street, em Cambridge, e é "um dos edifícios mais feios do mundo, que não faz nada além de assustar estranhos e parece uma bruxa montada numa vassoura". Conhecido como a casa da *Harvard Lampoon*, uma publicação importante de onde saíram escritores e comediantes, foi projetado por Edmund Wheelwright e inaugurado em 1909. Iniciada por sete graduandos inspirados em revistas populares como Punch e Puck, a *Lampoon* é uma paródia. O momento decisivo que a tornou conhecida e que fez com que seus membros fossem contratados como roteiristas do *Late Night*, *Simpsons*, *Seinfeld*, *The Office* e *Beavis and Butthead* foi o sucesso *The Bored Rings*, paródia do clássico *The Lord of the Rings*.

Esse Castelo Satírico possui labirintos e passagens secretas onde se realizam reuniões exclusivas para membros. Porém, uma vez por ano, acontece esse evento para os convidados conhecerem a casa e se esbaldarem numa festa bacante.

O convite era categórico: 19h na Bow Street, sem celular ou máquina fotográfica, e todos "animados para a diversão". Às 19h15, o meu *sponsor* da Lampoon iria me encontrar e me ciceronear durante todo o evento. Às 17h eu já estava pronta, ansiosa e louca para uma orgia intelectual.

Às 19h20, estávamos reunidos no *hall* principal do castelo. Um salão redondo, com tapetes e móveis de madeira antigos, iluminação fraca e ofuscante, sem janelas, um pé-direito alto de onde podíamos ver a Lua e estantes repletas de livros e fotos de membros célebres. O presidente da Lampoon começou seu discurso recitando T.S. Eliot, Thoureau e Gertrude Stein. De repente, ele abriu uma passagem secreta e, em uníssono, exclamamos: "Oh!" (nem foi tão extraordinário assim, mas tínhamos que dar a resposta que eles esperavam, afinal, éramos os escolhidos). Nessa outra sala, agora pequena e apertada, nos amontamos enquanto outro contava histórias de antigos membros.

"Aqui, o ex-aluno John Updike teve a epifania para escrever sua série de romances *Rabbit* e se tornar uma celebridade; William S. Burroughs junto com Jack Kerouac conceberam o livro *E os hipopótamos foram cozidos em seus tanques*".

Subimos alguns andares e rastejamos por passagens estreitas. Já estava ficando cansada de tanto falar "Oh!" diante dessas surpresas nada extraordinárias, quando entramos num salão gigante, com uma mesa de madeira e cadeiras para cerca de oitenta pessoas, um candelabro com cem lâmpadas, duzentas velas espalhadas, cinquenta castiçais medievais, tronos, pinturas de homens bigodudos e mulheres de vestidos longos. "Ooooh!" (agora com empolgação). Então, uma música medieval começou a tocar e fomos convidados a dançar sobre a távola do século XIX enquanto o jantar e bebidas eram servidos.

Comecei a beber, a cantar e fui me aproximando de um professor (tinha prometido nunca mais tocar *air guitars*; os garotos de Harvard não compreendem a arte dessa performance). Ele me recebeu cheio de sorrisos — rebolamos juntos, nossos corpos se entrelaçaram, nossos drinks se misturaram ao som de muitos *cheers* — e, de repente (por conta da bebida e da memória), percebi que o mítico salão estava quase vazio e não havia ninguém para testemunhar o fantástico evento que aconteceria em instantes.

Já que estávamos sozinhos, fui me aproximando dele. O moço me encarava claramente assustado — mas eu não ia me dar por vencida. Aproximei-me dele (a bebida, meu Deus, a bebida) e, quando ia tentar um beijo, como estávamos em cima de uma mesa — na verdade, eram várias mesas acopladas —, pisei justamente na divisa de uma delas e me esborrachei no chão. O scholar me ajudou a me recompor e chamou um Uber para que eu saísse logo de lá (a verdade é que ele não era professor e nem scholar, mas o zelador da casa que tentava me tirar de cima das mesas).

Soube (ou inventei) que esse caso foi retratado numa das publicações da *Lampoon*.

Ao tesão-morte do reprimido

Foucault nos fala do parentesco da escrita com a morte; essa escrita concebida para exorcizar a morte e como metamorfose da cultura. Escrever e criar estão vinculados ao sacrifício e ao desaparecimento do indivíduo-autor. A obra, inicialmente buscando a imortalidade, agora tem o direito de matar, de ser a assassina voluntária do próprio autor.

A autora-narradora aqui não importa. Sim, sei que você, K, não quer largar as palavras e as histórias que agora acredita que são suas, mas não é justamente na relação da escrita-criação com a morte-impostura que ocorre o desaparecimento das características individuais do sujeito que escreve? Você, com todos os seus truques, trapaças e engendramentos — sendo ou se tornando a escritora adúltera e fantasma — tenta despistar e desviar dos signos de sua individualidade, certo?

Por isso a morte aqui é lenta e verdadeira. Por isso aqui há o desaparecimento de sua singularidade em prol da escrita e da arte.

Dra. M. K.

14

Do IgNobel às Norton Lectures de Eco, Borges, Calvino, Pamuk e Hancock

Uma impostora não se sente confortável em nenhum lugar, sobretudo caminhando por Somerville, Cambridge ou Boston. Cada pessoa que perambula por essas ruas tem histórias de conquistas e sucessos, e não por terem caído dentro de uma chaminé no meio de uma palestra ou por fugirem de um professor no *campus*. Não, todos ali são vencedores em tudo (era sobre isso que o Ernest e eu conversávamos na volta da faculdade).

A gente preferia o caminho mais longo só para observarmos o *basement* da 365 Broadway Street, onde o então invisível Barack Obama viveu durante seu tempo de estudante de direito em Harvard. Esse momento arrancava um suspiro e um sorriso tão profundos do Ernest que me inspirava mais do que as histórias do presidente Obama e de seu Nobel.

(Os vizinhos confessaram em entrevistas que nunca viram Obama por lá; a discriminação em relação aos negros é tamanha que os *red necks* nem os enxergam. E o racismo tem história em Harvard: recentemente foi divulgado que lideranças, professores e funcionários da Universidade escravizaram mais de setenta indivíduos durante os séculos XVII e XVIII, quando a escravidão era legal em Massachusetts. O relatório "Harvard e o Legado da Escravidão" desmistifica a ideia de que Harvard, em virtude de seu "notório saber" e localização, tenha se isolado dos sistemas econômicos e sociais baseados na escravidão humana. Essa universidade foi uma das últimas a reconhecer a sua participação na escravidão).

Já que ganhar o Nobel estava fora de questão para a impostora, ao IgNobel eu poderia concorrer. Esse evento, criado pela revista de humor científico *Annals of Improbable Research*, acontece todos os anos, premiando autores de estudos inusitados em diversas áreas do conhecimento. Seu lema é "primeiro faça as pessoas rirem para depois pensarem". A cerimônia acontece no Sanders Theatre, um auditório mítico, inspirado no Sheldonian Theatre em Oxford, famoso por seu design e acústica impecável, com mais de mil lugares e dezenas de galerias *vips*. Figuras como Winston Churchill, Theodore Roosevelt, Martin Luther King Jr. e o próprio Obama ocuparam seus assentos antes de mim.

Quando fiquei sabendo da venda de ingressos para participar da cerimônia, fui logo ao Sanders para garantir um lugar digno das minhas performances em Harvard (quem sabe o Rancière, a Suleiman e o Bhabha tivessem me indicado para uma menção desonrosa). Para minha surpresa, havia uma fila gigante; será que todos também queriam concorrer ao prêmio? Acabei encontrando alguns amigos do *Periodicals* e ficamos por horas fofocando sobre os nossos atos infames.

Ao retornar ao meu *basement*, descobri que tinha comprado o ingresso errado; o evento tão aguardado era as Norton Lectures, que naquele ano seria ministrado por Herbie Hancock. Não conhecia o sujeito e nem o evento, mas, como tinha gastado o meu ocioso tempo, pensei que poderia ser interessante.

(Descobri logo em seguida que podia comprar o ingresso para o IgNobel facilmente no site. Então, *here I go!*)

No início, parecia que o IgNobel seria engraçado e inspirador, já que a premiação era realizada por laureados do Nobel (foi a primeira vez que vi sete míticos cientistas perfilados, com os seus ternos amassados — claro, só havia homens; a porcentagem de mulheres laureadas é ínfima, nem preciso mencionar a razão). A plateia era convidada a interagir, porém, quinze minutos após o início, tudo se repetia de forma metódica e o que era engraçado passou a ser cafona.

Recebemos instruções detalhadas de como e quando "fazer bagunça". A balbúrdia era cronometrada em momentos preestabelecidos: seriam sete ocasiões em que poderíamos usar o "kit da baderna" — recebemos apitos, chapéus de burro, aviõezinhos de papel de vários estilos, confete, serpentina e papel amassado, que deveriam ser utilizados por 45 segundos quando autorizados (isso ocorria entre uma premiação e outra). A primeira interação, arremessando aviõezinhos de papel na cara dos nobélicos e ignobélicos, foi fervorosa. Todos queriam escoriar os laureados, parecia uma vingança por terem sido eles e não nós os premiados. Horas depois (a cerimônia era demoradíssima), descobrirmos que nossas armas de papel e as serpentinas não chegavam nem perto do palco.

Os premiados do meu ano foram ridículos, como era para ser. Em literatura, o vencedor conseguiu produzir o efeito de *mise en abyme* de uma forma sem precedentes na história da arte e da narrativa: o "autor" do Escritório Geral de Contabilidade do Governo dos EUA desenvolveu um software para gerar um relatório sobre relatórios sobre relatórios que recomendava a preparação de um relatório sobre o relatório sobre relatórios sobre relatórios. Simples, não? Até o Bartleby sentiria inveja da imobilidade melancólica desse copista de relatórios escolhido para gerar o relatório dos relatórios do relatório (e assim por diante).

Em física, os homens (que surpresa) Joseph Keller, Raymond Goldstein, Patrick Warren e Robin Ball foram laureados por terem calculado os vetores de forças que descreviam o movimento de um rabo de cavalo humano correndo a uma determinada aceleração. Lisonjeados, subiram ao palco vestindo perucas dançantes.

Felizmente, nós mulheres não seríamos esquecidas — mas, claro, não seríamos vistas como mentes brilhantes, mas como bumbuns dançantes. As pesquisas premiadas em medicina e anatomia seriam para o nosso rebolado. Emmanuel Ben-Soussan e Michel Antonietti, indo fundíssimo na questão, desenvolveram um método de colonoscopia que minimizava as chances de seus pacientes terem o centro de "suas esferas harmoniosas sobre o caos" implodidas; uma descoberta crucial para os amantes das "bundas rebundas", como escreveu o machista Drummond. Já os premiados em anatomia, Frans de Waal e Jennifer Pokorny, comprovaram que as chimpanzés podiam reconhecer outras chimpanzés apenas admirando as fotos de suas bundas.

Apesar de o evento ter sido enfadonho, voltei para a casa com uma lição: sou descendente direta de uma chipanzé!

Uma semana depois, desanimada por ter que voltar ao Sanders Theatre, resolvi arriscar. Ah...! A inesperada virtude da ignorância! Tive o privilégio de participar de um evento de sonhos — dos meus sonhos e dos meus livros de cabeceira.

A cátedra Charles Eliot Norton de poesia de Harvard foi fundada em 1925 para divulgar a beleza da "poesia no sentido mais amplo". Personalidades do mundo das artes e das letras (incluindo pintura, arquitetura e música), como alguns dos meus mestres, Nadine Gordimer, Linda Nochlin, Agnès Varda, T.S. Eliot, Igor Stravinsky,

Jorge Luis Borges, Italo Calvino, Toni Morrison, Octavio Paz, Leonard Bernstein, Czeslaw Milosz e John Cage, recebem um honroso convite, nos últimos anos feito pelo dorminhoco Homi Bhabha em conjunto com o presidente de Harvard, para realizar seis conferências ao longo de um ano. O evento é concorridíssimo e estar presente é o mesmo que ser eternizado na história do saber.

E eu estava lá.

Sempre me acompanharam alguns livros: *Esse ofício do verso*, de Borges; *O romancista ingênuo e o sentimental*, do Pamuk; *Seis passeios pelos bosques da ficção*, do Eco; e *Seis propostas para um novo milênio*, do Calvino. Todos, por acaso ou maldição, foram escritos a partir das Norton Lectures. As minhas narrativas surgiram dessas conferências. Mesmo sem saber, estive presente no Sanders em outras bifurcações temporais, roubando notas, gestando ideias, usurpando histórias. Pronta para galhofar o passado, autocriticar os bosques das autoficções, achincalhar a romancista ingênua e sentimental das protagonistas falseadas em multiplicidades de reminiscências.

Eu estava participando das Norton Lectures!

Lembrei-me que ali, em sua última palestra, Eco nos contou de uma visita ao Planetário de La Coruña e da surpresa que o diretor lhe fez. Com as luzes apagadas e as ficções aceleradas, projetaram, em seu tributo, o céu no momento exato do nascimento do autor italiano: a virada da noite de 5 a 6 de janeiro de 1932. Esse retorno-recriação a um bosque inesperado da ficção comoveu tanto o bibliófilo-escritor que fez com que terminasse as conferências assim: "Eu estava tão feliz que tive a sensação — quase o desejo — de que podia, deveria morrer naquele exato momento, e que qualquer outro momento teria sido inadequado. Teria morrido alegremente, pois vivera a mais bela história que li em toda a minha vida. Talvez eu tivesse encontrado a história que todos nós procuramos nas páginas dos livros e nas telas dos cinemas: uma história na qual as estrelas e eu éramos os protagonistas. Era ficção, porque a história fora reinventada pelo curador; era História porque recontava o que acontecera no cosmos num momento do passado; era vida real porque eu era real e não uma personagem de romance. Por um instante, fui o leitor-modelo do Livro dos Livros. Aquele foi um bosque da ficção que eu gostaria de nunca ter deixado."

Estar ali e sentir o Eco do conhecimento era uma vereda ficcional que se abria. Era História presenciar a palestra de Hancock, o ato final das palavras do mestre; era real, porque era *eu*, e não um personagem, que passeava pelos bosques musicais, ouvindo "a ética do jazz" e as lições de Herbie Hancock após seis maravilhosas palestras repletas de sons e performances. Com o título de *Once upon a time*, Hancock compunha uma partitura improvisada na qual eu era uma das suas notas, leitora-modelo-memorialística que ouvia os dez conselhos finais: "8 – If you wanna see a good guy, look at mirror; wanna a see a bad guy, look at the mirror. We are both, but which one is gonna win?"

O eu da ficcionista encarava no espelho o eu da impostora. Qual venceria?

Eco reverberava Pamuk. Este, tendo sido laureado com o Nobel em 2006, nos presenteou em 2010 com suas *Lectures*. Pelas palavras do escritor turco, compreendi a força da onisciência do leitor. Em sua conferência "O centro", disse: "A força do centro de um romance reside, em última análise, não no que ele é, mas em nossa busca por ele, enquanto leitores. Quando lemos um romance bem equilibrado e detalhado, nunca descobrimos o centro de uma vez por todas — porém, nunca renunciamos completamente à esperança de encontrá-lo. Tanto o centro quanto o significado do romance mudam de um leitor para outro. Quando nos deslocamos pela paisagem de um romance e quando lemos outros romances literários, chegamos a sentir o centro vividamente acreditando em vozes, pensamentos e estados de espírito contraditórios e identificando-nos com eles." Estou no centro desse romance, Pamuk. Tornei-me a personagem-leitora inserida na história apócrifa de Harvard.

Recordei-me, então, da multiplicidade literária de Italo Calvino; as teses que sonhou ministrar. A morte o levou antes, mas ele deixou o seu legado escrito. Foi por conta de Calvino que passei a enxergar a literatura como uma convolução hipertextual de ficções. Em sua quinta conferência, nunca realizada, e que seria o seu último escrito antes de falecer, ele nos presenteou com a teoria do romance moderno, combinatório e matemático mencionando Georges Perec e seus parceiros da literatura potencial. No Sanders, sua voz ainda ressoava sem nunca ter ecoado. Ouvíamos espantados o coro dos fantasmas: "Chego assim ao fim dessa minha apologia do romance como grande rede. Alguém poderia objetar que quanto mais a obra tende para a multiplicidade dos possíveis mais se distancia daquele *unicum* que é o *self* de quem escreve, a sinceridade interior, a descoberta da própria verdade. Ao contrário, respondo, quem somos nós, quem é cada um de nós senão uma combinatória de experiências, de informações, de leituras, de imaginações? Cada vida é uma enciclopédia, uma biblioteca, um inventário de objetos, uma amostragem de estilos, onde tudo pode ser continuamente remexido e reordenado de todas as maneiras possíveis."

Calvino, também sou muitas: sou um inventário de objetos enciclopédicos embaralhados e amalgamados por recriações leves, rápidas, exatas, visíveis e múltiplas.

A conferência de Hancock estava chegando ao fim, e então me lembrei de Borges, meu caro Borges. O canto das sereias borgianas vibrava nas ruínas circulares do Sanders! Agora eu o recriava curvado, com as mãos apoiadas numa bengala mágica, cego e infinito em lembranças e criações. Com ele, encantando escombros do passado e desnorteando os alicerces babélicos das memórias do presente, fui à beira do Charles River e me senti nas páginas de seu livro. No conto "O outro", o então septuagenário Jorge Luis Borges, durante as suas Norton Lectures, encontra-se com o jovem Borges. O narrador-personagem Borges é colocado nessa situação surreal evocando questões sobre a bifurcação do tempo-espaço, do infinito, do duplo, da realidade, do sonho, da literatura. Borges, assim como esta impostora, trava um duelo entre a arrogância e a altivez da juventude contra a serenidade e sabedoria da velhice; entre os momentos vividos ficcionalmente *versus* os instantes romanceados. Nós observávamos a passagem do rio Charles contemplando a milenar imagem de Heráclito e refletindo a questão da transformação e do conhecimento. De um lado do banco e do tempo, a impostora recordava o velho Borges acabando de ministrar essas conferências e conversando com o jovem Borges, sentado no outro extremo do espaço temporal. Compartilhávamos vislumbres de vida, do porvir, dos percalços, traumas, realizações e conquistas.

Lindas lições.

A conferência se encerrou, assim como meu tempo por lá. Porém, nunca mais saí de Harvard. Nunca mais larguei os encantamentos daqueles momentos, a serendipidade dos aprendizados. Copiando mais uma vez Borges, tenho certeza de que não sou merecedora desse júbilo, nem mesmo nesta ficção.

Cartas de uma jovem poeta

A poeta laureada com o Nobel em 1996, Wislawa Szymborska — infelizmente não convidada nem para o IgNobel e nem para as Norton Lectures —, escreveu sobre as inúmeras possibilidades criativas do brincar com as palavras. Wislawa nos ensina, de forma divertida e algumas vezes perversa, o quão sério é o fazer literário. Ela nos convida a fantasiar, invencionar, ridicularizar, galhofar e viajar pelos jogos e veredas da linguagem.

K, eu me divirto com as sugestões da poeta polonesa: — "'Ou vocês me dão alguma esperança de ser publicado, ou pelo menos me consolem...' Depois da leitura de seu texto, temos que escolher a segunda opção. E, portanto, atenção! Estamos consolando. Um destino maravilhoso espera pelo senhor, o destino de leitor" —; e com o seu requintado sarcasmo: "Não, não temos manuais para escrever romances. Provavelmente nos Estados Unidos se publiquem coisas assim, mas ousamos duvidar de seu valor, e a razão disso é que o autor que conhecesse uma receita infalível para o sucesso literário preferiria usufruí-la sozinho a ganhar a vida escrevendo manuais. Simples, não? Simples."

Há ainda preciosidades para jovens escritores e impostores: "O medo de proferir uma frase inequívoca, as tentativas constantes de metaforizar tudo escrupulosamente e a preocupação incessante, não tanto com a clareza e a força expressivas quanto a respeito de estar sendo ou não suficientemente poeta em cada verso — eis as típicas neuroses de quase todo principiante. São curáveis, se o poeta se conscientiza delas a tempo. Seus poemas, por enquanto, são semelhantes às traduções laboriosas de uma língua simples para uma complexa — tanto que dá até vontade de lhe solicitar o envio dos originais nos quais se baseou esse trabalho estéril. Mas ao mesmo tempo pedimos que acredite em nós: é melhor uma única metáfora ligada organicamente à ideia original do poema do que mil e quinhentas nele bordadas *ex post*."

Wislawa, assim como você, investiga a busca poética e literária: "Não tente ser poético a qualquer preço; a poeticidade é chata porque é sempre secundária. A poesia, como, aliás, toda a literatura, retira suas forças vitais do mundo em que vivemos, das vivências realmente vividas, das experiências realmente sofridas e dos pensamentos que nós mesmo pensamos. É preciso descrever o mundo continuamente, porque, afinal, ele não é o mesmo de tempos atrás, nem que seja pelo fato de que não estávamos nele antes."

K, será que neste livro você ousaria discordar de uma laureada? Assim como tem ousado descortinar o mundo "encantado" do saber universitário?

Dra. M. K.

15

Flertando (se ferrando) com Ferran Adrià, Marina Abramovic, Julia Kristeva e Beatriz Sarlo

Auditório lotado. Estamos assistindo a mais uma palestra da série "Ciência e Culinária" e desta vez quem apresenta é um chef, não mais um neurocientista mostrando as reações químicas que acontecem no cérebro quando misturamos cookies e picles. Após uma breve apresentação, o convidado surge, levanta uma laranja e pergunta: "Vocês estão vendo que isso aqui é uma laranja, certo?" Confirmamos com o devido rigor científico. O convidado, no entanto, advertiu: "Cuidado, prestem atenção, alguém por acaso sabe qual tipo de laranja é?" Silêncio constrangedor. Somos inteligentes, mas nenhuma pessoa perdeu tempo estudando a genealogia de uma laranja. Como ninguém respondia, eu disse: "Serra-d'água!" Todos me olharam: "Estamos na América, não tem esse tipo de laranja por aqui." (Teriam debochado de mim se fosse um homem?)

O convidado seguiu: "*Bona*, quantas frutas cítricas há no mundo?" Um intelectual de suspensório se levantou: "Oitenta!" E foi refutado: "*Amic*, por pouco. Duas mil e quinhentas." E ele prosseguiu: "Vocês sabem de onde a laranja é originária, certo?" Novo constrangimento (o público já se afundava na própria cadeira), porém resolvi brincar: "De Miami!" Já perdendo a paciência, o chef comenta: "*Bé*, meus caros, da China! E sabem quem as trouxe para o mundo ocidental?" Muitos responderam: "Marco Polo!"

Após uma pausa sugestiva, Ferran Adrià, inventor da cozinha contemporânea catalã e dono do restaurante El Bulli, três estrelas Michelin, dá uma bufada: "Os árabes, *joder*!" E com um tom de repúdio, enxovalha: "É sério que estamos na Universidade de Harvard? Troféu laranja podre para vocês!"

Nunca mais encarei uma laranja da mesma forma. Nunca mais olharia para tantas outras coisas com a mesma postura. Mudanças e descobertas. Agora, ao escrever, percebo que só dei importância aos momentos em Harvard, e a todos os meus amores, quando eles se extinguiram. Quando eles se tornaram matéria presente, porém finda. A escritora é uma personagem que está no lugar certo no tempo errado. Ela só consegue entender a importância do momento — do saber e do sabor — depois de extinto. Depois de colocar o passado num lugar enclausurado, enfeitiçado e inacessível, e então resgatá-lo em forma de literatura transmutada em fotografia. A escritora transforma em imagem a pseudopresença da ausência; em brumas e sombras o que talvez nunca tenha existido.

Lembro-me de aula que tive com a Marina Abramovic e do amor pelo Julian. Fiquei sem entender a razão da violência que Marina se autoimputava. A brutalidade da arte, amor, dor e vida. A anulação da artista frente à sua obra. Também foi penoso aceitar a minha indômita relação com o Julian. Anulação e entrega total: eu, marionete do seu bel-prazer.

Marina nos apresentou alguns de seus trabalhos. Impressionou-me o *Rhythm* — obra em que os visitantes interagem com a performer: ela, imóvel, corpo impassível, ofereceu-se aos participantes, junto a 72 objetos, para serem utilizados conforme desejarem. Durante seis horas, sentimentos e sensações sem controle foram despertados. No início, alguns caminharam em seu entorno, pintaram seu corpo, impulsionaram seus braços e se divertiram com a entrega total da artista-autômato... até que alguém lhe tocou intimamente e o lado sombrio do ser humano se apossou da razão. Na terceira hora, suas roupas foram cortadas com lâminas de barbear, deixando-a nua, porém, não lhe era permitido reagir. Essas mesmas lâminas começaram também a explorar sua pele; com a garganta cortada, sentiu o sangue sugado por um visitante. As agressões sexuais aumentaram e lágrimas involuntárias começaram a escorrer. Marina nos disse que estava tão comprometida com a performance que não resistiria se a tentassem estuprar. Mas esse não foi o seu maior pânico: havia um senhor baixo, cadarços desamarrados, olhar estranho e distante, que caminhava ao seu redor com urgência, passando lentamente ao lado do revólver que repousava sobre a mesa. No tambor, havia uma bala que a própria Marina havia inserido (o mais aterrorizante dos 72 objetos). A artista estava entregue ao destino da própria arte.

Ao me recordar dessa performance, reviro minha relação com Julian: estava absorta de desejo e exposta às suas brincadeiras. Eu me humilhava enquanto ele permanecia impassível. Nos conhecemos no IgNobel e nos reencontramos no dia seguinte durante a fala do Ferran Adrià. Recém-chegados a Harvard, estávamos famintos para experimentar o além-universidade.

O olhar e a sedução de Julian desafiavam a compreensão... a incerteza de não desnudar seu desejo ou desprezo me agitava. Essa cobiça-repulsa vacilante permaneceu por alguns encontros casuais no PUB Boston, no *campus* de Harvard, no "forró" do Nicolau. Ele nunca se revelava, mesmo ante às minhas insinuações, até que um dia, quando eu já tinha desistido, convidou-me para ir à sua casa. Foi uma noite em que o estranho-inquietante despertou: Julian revelou-ofereceu o seu lado dominador.

Durante a arrebatadora performance da Marina, um grupo se juntou para protegê-la das agressões do grupo rival. A obra se tornava vulcânica, em movimento vibrante, e entrou em ebulição quando a arma carregada foi empurrada contra a cabeça da artista, tendo o seu próprio dedo colocado no gatilho. Será que aquele senhor de cadarços desamarrados queria mesmo matá-la ou apenas desejava que a performer interferisse na arte? Uma briga irrompeu entre as duas facções atestando a força e a paixão despertada pela arte. Quem era culpado por essa erupção de sentimentos? A performer, ao ofertar o próprio assassinato; o senhor, ao revelar o lado assassino do ser humano; ou a facção do "bem", que impedia a execução sumária da arte?

Julian também era obra vulcânica em ebulição. Ofertava sofrimento enquanto conjurava prazer. Infringia dor, mas assegurava a intensidade do meu gozo. Transava vigoroso, exibindo com orgulho o perfume da outra que ainda pairava sobre seus lençóis. Atada e entregue, desprovida do meu desejo, admirava o seu olhar. Ele me encarava encontrando o meu amor-devoção, enquanto relatava a performance com a outra, horas atrás. Bestializada de raiva, eu chegava ao gozo encontrando a nossa animalidade.

Marina Abramovic nos contou como imaginava que a enxergavam: para os mais agressivos e perversos, profana; para os mais ternos e zelosos, sagrada. Projetavam três imagens: a de uma Madonna, mãe de um deus; a de uma incestuosa matriarca, castradora e carrasca; e a imagem degradante de uma prostituta libertina. Os grupos, presos a essas imagens, duelavam pela carne da bandida, da puta e da mãe — todas igualmente condenáveis! A artista era vista como um corpo sem órgãos, um corpo em constante devir-desejo-repulsa, devir-bandido e banido. Carne como ligação irrevogável do sabor trágico da brutalidade do ato; alegoria confundida com o real. Sim, o público podia tê-la matado, e este foi o auge da performance-paixão.

Sim, Julian podia ter continuado a fazer o que quisesse de mim. Estava anulada: minha pulsão transmutada no seu arbítrio e devir. Quando era convocada, pronta, me arrastava em direção às suas perversões. Quando ele desaparecia, tornava-me um objeto abatido e inanimado, rastejando pelos cantos das narrativas sem pulsão. Até que ele se dissipou: sua performance final. Só hoje consigo compreender como a arte permanece tatuada em deslembranças.

Mas tudo seria diferente com o Mário. Tínhamos gostos e sonhos em comum: um amor pelas verdades-veredas intertextuais. Em Harvard, nossas vidas, desejos e narrativas se uniram; nossas performances se complementaram; nossas palavras se misturaram. Infelizmente, após uma breve passagem pelo Brasil, tudo desmoronou.

O que resta se eu vasculhar?

Nos conhecemos no Clube Esportivo Faialense no mesmo dia do meu adeus ao Nicolau. O Faialense, apesar de instalado numa rua movimentada, é um lugar secreto e surpreendente. Ao entrar no primeiro salão, um sentimento *tarantinesco* toma conta da atmosfera — parece um bar ao estilo *Um drink no inferno*, sinistro, obscuro, repleto de bebidas, brumas e olhares. Mas existe uma porta mágica, é como se você entrasse na cabeça do John Malkovich ou escorregasse pelo *rabbit hole* da Alice. Ali, tudo se transtorna: um salão repleto de bancadas, com pessoas dançando. Em cima das mesas, fantasias e coreografias dos anos 1970 e 1980; embaixo, carteados e conversas misteriosas e sigilosas; nas encruzilhadas, pactos e flertes — na mais obscura dessas encruzilhadas, me enodei com o Mário.

Todas as nossas festas eram realizadas por lá; não havia lugar mais metaintertextual no planeta. Naquele dia, tínhamos assistido a uma palestra da Julia Kristeva e havíamos combinado uma viagem sensorial pelos vales e veredas do Faialense.

Lembro-me de ter assistido às palestras da Kristeva sem nenhum tesão, embora ela sempre fizesse questão de reverenciar o gozo. Não me recordo de nenhuma palavra, apenas de sua maquiagem exagerada, do auditório cheio de semblantes distantes e de chegarmos, eu e o Nicolau, atrasados.

Apesar dos esquecimentos, restaram ruínas e tijolos do Mário. Era um homem maravilhoso. Fascínio fascinante. O brilho eterno que tanto buscava. Era inteligente, engraçado e tinha um cheirinho-perfume que desencadeava emoções que nunca havia vivido.

No segundo dia dos seminários da Kristeva, só me lembrava da perfeição do Mário. Não entendia nada, mas estava constrangida em fugir, sobretudo por estar (de novo) sentada ao lado do Nicolau e de ser encarada pelo olhar inquisitório do Bhabha, que, coincidentemente, estava na mesma fileira. De repente, cometi um ato bem falho: tentando parecer erudita, fiz um comentário com o Nicolau e, em vez de falar *bah, oui, la mère!* (ah, sim, a mãe!, quando Kristeva se referia ao Complexo de Édipo), disse *bah, oui, la merde!* (ah, sim, a merda!). Nicolau sorriu e, com toda a sua sensibilidade, me respondeu: "Também estou viajando." Foi um alívio.

Mas Kristeva teve seus méritos, afinal, passou uma semana oferecendo conferências não em qualquer lugar. Para a pesquisadora, Bakhtin foi o primeiro a introduzir na teoria literária o fato de que todo o texto se constrói como mosaico de citações e funciona como absorção e transformação de um outro (deste) texto. Kristeva nos explicava (no caso, me explicou, porque acho que todo mundo ali já sabia de cor as teorias de Bakhtin, Barthes, Freud, Lacan, Homem-Aranha, Batman) a questão do "esfumaçamento" da "pessoa-sujeito da escritura" em Barthes: "A escritura é destruição de toda voz, de toda origem."

Depois dos nossos enodamentos lacanianos na encruzilhada do Faialense, Mário e eu fomos para o meu *basement* e de lá só saímos três meses depois. Mário era prosa poética, repleto de histórias, causos, leituras e narrativas. No soslaio do porão viajamos por entre as páginas de livros inventados. Compúnhamos uma obra de encontros. Mas, em nossa visita ao Brasil, os autores, Mário e eu, afastaram-se e morreram. Brigas, discussões e absurdos. Os planos começaram a ser outros. Ruíram. Bifurcação de páginas, palavras e caminhos. O clima do Faialense se descoloria e Mário desaparecia junto aos vestígios de sentimentos. Retornamos aos Estados Unidos, porém cada um para sua narrativa. O *basement* ficou vazio, sem flor, sem cor... assim como os corações separados dos amantes. Esta autora, então morta, decidiu afogar o sofrimento em prosa. Recalcou, escondeu e esfumou a perfeição do encontro passado — apesar da certeza de que um dia tudo retornaria em forma de restos, trapos e farrapos.

Recordo e retorno, sempre com medo, às aulas de Beatriz Sarlo. Sinto o passar acelerado do tempo coincidindo com as operações da memória que buscam estranhamente atualizações de um tempo passado que cada vez parece ser mais remoto e quase inexistente. Numa de suas aulas, a genial argentina nos revelou: "A aceleração produz, exatamente, um vazio de passado que as operações da memória tentam compensar."

O tempo voou até eu encontrar outro amor. As *ignorãças* que semeei em Harvard foram recuperadas na arte de Eduardo. Amálgama de Julian e Mário, ele tinha uma perversidade sutil, sensível e delicada, que me lacerava com um sorriso, com um carinho, com um singelo comentário. Vivemos aspirações artísticas e ímpetos de paixão. A memória involuntária que testemunha e confessa o retorno do ferido sempre irromperá na voz e na vez dessa terrível e bela personagem. Eduardo, diferente das passagens que ofereci a Julian e Mário, se tornou livro. Um começo arrebatador, um durante sísmico com um fim desnorteador e um profundo padecimento.

Sarlo nos ensinou que os protagonistas (amores e momentos) do passado nem sempre são os que realmente falam — muitos estão mortos ou preferem não narrar. Assim, quando reconstruo esta narrativa, recorro a reminiscências suspeitas e falhas, afinal, memória e esquecimento são igualmente inventivos e falaciosos. "A narração inscreve a experiência numa temporalidade que não é a de seu acontecer (ameaçado desde seu próprio começo pela passagem do tempo e pelo irrepetível), mas a de sua lembrança. A narração também funda uma temporalidade, que a cada repetição e a cada variante torna a se atualizar."

Eduardo surgiu e, apesar do arrebatador desejo dele e por ele, ator fumegante, fez emergir um passado de desilusões. Escritoras padecem de um eterno distanciamento. Remodelam com o passar do tempo uma narrativa mais atenta, acurada e reflexiva..., porém finda. Eduardo, embora invenção, era repetição. Embora encantado, era reinventado. Embora amor, só foi reconhecido após esta autora colocar um ponto-final na relação.

Sarlo, com seu olhar inédito e perspicaz, argumentava que o império do passado não se enfraquece diante do instante, mas explode por meio de diversas formas de representação: lembranças, comemorações, lamentos, livros e tentativas (inúteis) de reconstituição. Eduardo se tornou essa museificação de sentimentos.

Falando da Hannah Arendt, que dizia não haver verdade em apenas uma história, mas uma crença em múltiplas e plurais verdades históricas, Sarlo nos ensinava que as narrativas baseadas somente na memória, nos testemunhos e nas reflexões autobiográficas são passíveis de caírem na armadilha de ter apenas um olhar. É necessário um distanciamento buscando consolidar e fortalecer o passado. Esse era o passado que sonhei ao lado de Eduardo, pretérito que gostaria de conhecer em silêncio e a distância, depois de acabado o amor.

Sarlo estava certa, por isso o meu pânico durante as suas aulas: há sempre a incerteza e o perigo de viver e narrar outros amores, pois eles acabam sendo o retrato recalcado de uma única memória e da reflexão autobiográfica. O amor-protagonista é carne reprocessada de outros personagens e histórias.

Nenhum dos meus amores de Harvard vingou — apenas o amor livre, leve e amigo com Ernest. Tudo foi transformado em ficção com o passar do tempo. Diante de tantos desencontros, vexames e fracassos, eu mereço, sem dúvidas, o troféu laranja podre das mãos do Ferran Adrià! *Gràcies!*

À inusitada impostora e *ghost writer*

Escritora-impostora e escritor-fantasma se apaixonam pelas palavras que concebem. Tornam-se parte delas, deixando propositalmente um rastro de reflexões e enigmas para que outros se aventurem em desbravar o universo que ela tão habilmente usurpou.

K, você se transformou em uma escritora-fantasma procurando no fato, no falo e na subversão o lugar falacioso da fala-falta. Sim, você desapareceu, e fez surgir o texto para brindar e ludibriar o leitor.

Todo escritor é realmente um impostor.

Dra. M. K.

16

Yo Yo Ma: Après un rêve

Ao chegar ao fim, espera-se da ficcionista a verdade. Que ela se exponha, desenlace e revele os engendramentos das histórias. Deseja-se que ela arranque o invólucro das brumas, escalpele a película das nuvens e, usurpando o ego em prol do leitor, conduza-o pelas reais veredas do romance. Almeja-se, no epílogo — para o merecido repouso do leitor —, saber o que da história é biográfico e o que não passa de ficção.

Estamos no final do ano de 2011. Tinha acabado de regressar de Nova York repleta de livros, devaneios e da vontade de viver em Massachusetts em breve. Fazia meu pós-doutorado na Unicamp com planos de escrever romances e artigos, de conseguir um cargo de professora, de ser campeã de squash e de encontrar um amor, porém estava com os pensamentos voltados para Harvard. Tinha feito meu *application* havia alguns meses e a resposta insistia em não chegar.

Então, recebi um e-mail numa manhã de quinta-feira. Ainda me lembro do sonho que tive na noite anterior: estava no Sanders Theatre e quem tocava ao fundo era o prodigioso Yo Yo Ma, formado em 1976 por Harvard. Eu sabia tudo sobre a universidade: as Norton Lectures, os famosos estudantes e scholars, as histórias curiosas, fofocas inglórias, os mitos, os prédios, as praças, as bibliotecas, as polêmicas, os ritos de passagem. Tinha lido todos os livros da Susan Suleiman, Homi Bhabha, Nicolau Svecenko, Beatriz Sarlo e já tinha me imaginado passeando pelo *campus*, assistindo cursos, realizando palestras, conquistando corações e atenções. Harvard já me parecia tão próxima e íntima! Nesse meu sonho, Yo Yo Ma tocava uma composição de Gabriel Fauré, *Après Un Rêve*: "Num sono encantado pela sua imagem \ Sonhei a felicidade, ardente miragem \ Os seus olhos mais doces, sua voz pura e sonora \ Brilhava como um céu iluminado pela aurora \ Você me chamava e eu deixava a terra \ Para fugirmos em direção à luz \ Os céus entreabriram, para nós, as suas nuvens \ Esplendores desconhecidos, luares divinos entrevistos \ Ai! Ai de mim! Triste despertar dos sonhos \ Eu te chamo, ó noite, restitua-me suas mentiras \ Regressa, regressa radiante! \ Regressa, ó noite misteriosa!" Lindos sonhos!

Acordei ainda regendo Ma e a filarmônica do Conservatório de Harvard e fui direto checar minhas mensagens:

Caríssima Doutora Lola K,

Em relação à sua aplicação ao programa de *Visiting Scholar* do Departamento *Romance, Languages and Literatures* de Harvard, lamentamos informar que não podemos admitir a Sra. neste programa.

Todos os anos recebemos um número grande de inscrições de candidatos qualificados. Infelizmente, podemos acolher apenas uma porcentagem pequena dos candidatos devido à quantidade significativa de tempo que nossos professores passam com cada *scholar*. Nossas decisões de admissão são tomadas depois de analisar cada solicitação com cuidado. Os principais motivos da demanda da Sra. não ter obtido êxito estão listados abaixo:

1.Cada inscrição é considerada em relação a outras inscrições na mesma área e somente os candidatos mais talentosos são admitidos. Sua inscrição, vista como um todo, não era tão forte quanto algumas das outras que recebemos — na verdade, a Sra. é uma escritora de ficção.

2. Sua aplicação, Doutora K, é interessante e tem vários pontos fortes: a Sra. parece ser uma excelente jogadora de squash, uma ótima guitarrista de *air guitars* e conhece todas as histórias e infâmias de Harvard. Entretanto, não temos professores com interesses nesses "campos de pesquisa".

3. O Departamento de *Romance, Languages and Literatures* tem um padrão de excelência. O seu histórico acadêmico, Doutora K, infelizmente não atende a esses requisitos.

Desejamos sucesso com sua ficção, Doutora K, longe daqui.

Sincerely,
Homi Bhabha Ph.D.
Director of Mahindra Humanities Center at Harvard

Caro Doutor Bhabha,

Agradeço a carta recebida no dia 26 de março de 2011. Após cuidadosa leitura, informo que não poderei aceitar a sua recusa.

Neste ano de 2011, Doutor Bhabha, tive a sorte de receber várias cartas de rejeição das melhores universidades do mundo. Não ache que a sua foi a única. Porém, diante de recusas tão diversas, confesso que foi difícil optar por uma. Decidi — dado o brilhante currículo do senhor, Doutor Bhabha, e o renome da Universidade de Harvard — não aceitar exclusivamente a sua carta de rejeição.

Apesar do enorme sucesso que Harvard tem em recusar centenas de milhares de candidatos — sobretudo mulheres —, os senhores não terão êxito comigo. Acredito que estejam enganados e, portanto, informo que serei *Visiting Scholar* no Departamento *Romance, Languages and Literatures* pelo biênio de 2012 a 2014.

Ansiosa por conhecer Harvard e o Sr., agradeço *sincerely* a atenção,

Warmly regards,
Doutora K

Literatura e decadência

Rodrigo Lopes de Barros

Vivemos em uma sociedade em decadência. Não é à toa que muitos falam do final dos tempos, do fim do mundo, da catástrofe iminente que toma formas climáticas, ambientais, bélicas e sanitárias. Trata-se de uma reação natural quando nos deparamos com a saturação de um sistema social, econômico e cultural. Muitas pessoas não entendem que aquilo que acaba representa uma fase do desenvolvimento humano, não necessariamente a humanidade. No momento em que se publica *Uma impostora em Harvard*, de Jacques Fux, estamos talvez à beira de um conflito bélico mundial: não há como negar. Parece, no entanto, difícil dizer se essa guerra total realmente virá, ou quando explodirá, e nem quais sua real extensão e efeitos. Da mesma forma, vejo como tarefa ingrata prever o desfecho e a superação do capitalismo, ou sequer do neoliberalismo, esta última fase altamente financeirizada das relações entre pessoas, empresas e países. No fim das contas, viver neste presente se traduz em incertezas dentro da certeza de que estamos vivendo talvez a maior mudança das estruturas planetárias desde a Primeira Revolução Industrial e testemunhando a última fase do capital (o que não significa que ele não pode se reinventar e sobreviver muito além).

Nesse pântano de angústia, onde nos debatemos na areia movediça do declínio sempre constante (uma ladeira abaixo também estética), noto que os jovens seguem buscando no passado uma década que talvez tenha sido melhor, ou seja, mais autêntica em termos artísticos e, por que não, com a felicidade perto do alcance das mãos. Na minha época de adolescente e de recém-adulto, variou-se dos anos 1960 aos 1980 (festas, canções, roupas e filmes desses períodos voltavam à moda). Hoje, na terceira década do século XXI, cheguei a ver jovens (alguns até estudantes de instituições de elite do primeiro mundo) ostentando camisetas pretas do Nirvana e outras bandas dos anos 1990. O que pode parecer apenas uma reciclagem histórica por parte de tais pessoas é um reflexo de certo arruinamento da cultura.

Nesse sentido, a literatura também é, sem dúvida, um espelho da sociedade, apesar de ser classificada em grande parte como ficção. De fato, a própria ficção pode proporcionar uma entrada profunda nos conflitos e contradições humanas, como um microscópio de alto poder de magnificação. E o que dizer então de uma literatura híbrida, em que fatos e mitos se mesclam como na escrita de Fux? A literatura mostrar-se-á ainda mais como um reflexo do real, pois, em Fux, temos, além da ficção, a autoficção, em que a obra inventiva e os dados biográficos são frequentemente uma coisa só, tornando-se muitas vezes inseparáveis. Voltemos ao início deste ensaio: vivemos em uma sociedade em decadência. Assim, não nos deveria surpreender a descoberta de que suas principais instituições estejam nesse mesmo processo de putrefação em vida, a céu aberto, diante de nossos olhos. São decadentes os governos, as classes dominantes, o sistema financeiro, o mundo da arte, o mercado literário e, por conseguinte, as universidades. Este romance de Fux nos deixa observar tal processo: Harvard, uma das instituições de ensino mais famosas do mundo, que domina, para o bem ou para o mal, os polêmicos rankings de qualidade do ensino superior, faz-se presente muitas vezes nua, despida de todo seu poder, com a pele ressecada e enrugada que indica certo declínio e falta de vigor. Assim, na chegada de K a Harvard, ela descobre que os edifícios da cidade estão infestados de ratos: que grande símbolo para o colapso, a degradação do centro nevrálgico de nossa era.

Noam Chomsky, um intelectual formado precisamente na rede de universidades IvyLeague, da qual Harvard faz parte, certa vez declarou numa entrevista: "Há todo tipo de dispositivos filtrantes para se livrar de pessoas que são um pé no saco e pensam independentemente. [...] As instituições de elite como, digamos, Harvard e Princeton e as pequenas universidades de caráter exclusivo, por exemplo, são extremamente direcionadas à socialização. Se você entra em um lugar como Harvard, muito do que acontece lá é o ensino de maneiras; como se comportar como um membro da classe alta, como pensar os pensamentos corretos, e assim por diante." Não é por acaso que muito do que acontece com K, a narradora-personagem de Fux, não seja justamente a superação e o amadurecimento intelectual, de encontrar um ambiente dedicado à formação dos novos "gênios do mundo", como ela tinha esperança em partes do relato. Não é tão incrível que o lugar mais interessante para a troca de pensamentos não fosse bem Harvard, mas o mundo paralelo do PUB-Boston. Tratava-se de uma reunião de pesquisadores, acadêmicos e artistas brasileiros que viviam ou passavam por aquela região e que acontecia quase que por modo de auto-organização, não sendo para nada algo oficial das instituições da área — um apêndice pensante marginal tanto pela nacionalidade dos envolvidos (cérebros migrantes) quanto pela certa informalidade de sua rede.

Em *Uma impostora em Harvard*, o que vemos em termos de ação, de movimento, de trama é justamente um processo de socialização de cunho claramente classista. Em primeiro lugar, ela deve aprender como se comportar em certos eventos: não chegar atrasada, não dormir durante as conferências, não cair dentro de uma lareira e ficar cheia de cinzas, ler os textos designados e expressar-se sobre eles em frases supostamente inteligentes, aprender o que dizer ou não em palestras muitas vezes tediosas e infrutíferas. Em segundo lugar, e talvez aqui tenhamos o principal, instruir-se em como manter relações amorosas e sexuais entre aqueles elegidos para frequentar a mítica instituição, corroborando de um modo mais explícito o que dizia Chomsky. Não por acaso, o clímax do romance de Fux são os relatos de encontros sexuais muitas vezes desastrosos, o que contribui sem dúvida para a formação do comportamento daquela mulher, pois as catástrofes, os erros e os desencontros amorosos são precisamente um poderoso ensinamento das regras de pertencimento a um grupo: *Uma impostora em Harvard* é, nesse sentido, praticamente uma etnografia. K, no romance de Fux, se sente uma impostora, mas, na verdade, ela é uma infiltrada que nos relata os bastidores de uma instituição fechada a poucos, a definição propriamente dita de uma instituição de elite. No fim das contas, como os burgueses, ou os membros das elites, como se prefere chamá-los no mundo anglo-saxão, é uma camada visivelmente em declínio, cujo desaparecimento somos testemunhas, vemos que as relações estabelecidas pela personagem K são igualmente permeadas pelo esgotamento existencial.

K raramente faz um aprofundamento psicológico de seus homens-amantes: como relações de consumo, muitos desses encontros são superficiais. Ou ainda, esses homens-amantes são classificados taxativa e simplesmente como "machistas", brochas ou incapazes de fazê-la gozar (o que é mais ou menos a mesma coisa). Tornam-se apenas objetos (ironicamente) da falta de prazer daquela mulher. Longe de ser um problema literário por parte do autor, essa ausência de detalhamento da mentalidade de seus parceiros por parte da narradora inventada é um dos pontos fortes da criação de Fux, pois retrata de maneira muito verossímil como se movimenta socialmente boa parte de um grupo pertencente ao topo da pirâmide econômica. Vejamos: a narradora inicialmente nos ensina sobre o "shopping week", essa primeira semana letiva em que os estudantes podem sentar-se em qualquer aula, de qualquer professor, para experimentar o conteúdo e a didática de uma disciplina antes de se comprometer a se matricular nela. Obviamente, o que chama nossa atenção em um primeiro instante é o uso, por parte da comunidade de Harvard, de um termo tão consumista num contexto em que deveria primar a busca da erudição pela erudição, do conhecimento pelo conhecimento, da arte pela arte e da ciência pela ciência. O mais interessante, porém, constitui-se que esse modelo capitalista do "shopping" se assemelha ao mesmo procedimento que K aplica aos corpos masculinos. Ela vai experimentando sem compromisso os homens disponíveis, ora dominadora, ora submissa, sem jamais conseguir vínculos duradouros.

Alguém poderia argumentar: "Mas é uma forma de liberação da mulher." Pode ser, mas ouso ter minhas dúvidas sobre a proposta de que o fim da opressão das mulheres se dará simplesmente sob a ótica mercadológica do uso de outros corpos, seguindo os mesmos padrões capitalistas que esmagam os trabalhadores, negros e indígenas (para citar alguns entre outros grupos também oprimidos). No entanto, quero chamar a atenção para algo muito perspicaz em Fux como escritor: *Uma impostora em Harvard* começa qual um romance de humor e termina altamente melancólico e até mesmo triste. K não é feliz. No fechamento do relato, ela apenas acumula majoritariamente histórias de decepções sexuais e perdas amorosas. Mas observemos que o ponto mais sublime do romance acontece durante a aula magna proferida por Nicolau Sevcenko sobre a história da sanfona. Nesse momento, muito pelo contrário, não há força de socialização como parte da estrutura institucional da universidade de elite estadunidense.

Sevcenko é retratado primordialmente como um ser excêntrico: desajeitado em suas roupas, penteado, e disléxico e hesitante no seu modo de falar. Está muitas vezes atrasado, como a protagonista. É impossível que uma figura como ele, já professor catedrático, estivesse lá para ensinar maneiras, como apontou Chomsky. Ao contrário, Sevcenko tem autenticidade e, por que não, rebeldia, se considerarmos sua então faixa etária. É um verdadeiro intelectual. K não precisa se envolver sexualmente com ele. Isso deve ser indiscutivelmente percebido por todos nós. Antes de buscar se envolver intimamente com o professor, a jovem narradora se maravilha com a inteligência do erudito brasileiro, sua sabedoria, sua capacidade de conectar ideias aparentemente díspares e, talvez principalmente, com sua história de vida pessoal marcada pelo lugar da diferença, do imigrante, do marginal, que foi transformada em sua força criadora no âmbito das ciências humanas. Sevcenko é o ponto fora da curva em Harvard. Não é a regra. Homi Bhabha, por exemplo, muito mais famoso que o historiador sul-americano, é retratado apenas como mais um burocrata do mundo escolástico. Ele é quem assina a carta de rejeição que comunica, ao final do relato, que K não será aceita em Harvard, que tudo que tínhamos lido talvez tenha sido apenas um embuste destinado aos leitores e que, por sua resposta, o mesmo Bhabha, o diretor do centro de ciências humanas mais importante do mundo, seja ele próprio nada de especial: lembremos de suas sonecas nas palestras em lugar de debater ideias ou de seus textos herméticos que se transformaram em motivo de piada devido a uma intrínseca ilegibilidade. Enquanto isso, Sevcenko tem a suavidade de reconhecer que também estava "viajando" na palestra sem sentido de Julia Kristeva. Um gesto libertador num mundo de posturas e composturas como é o mundo burguês, das gravatas borboletas dos ajudantes-bajuladores de Bhabha, dos jantares em que se estabelecem conexões para futuros negócios ou, como é o caso do contexto do livro, uma conferência universitária ou até mesmo uma simples sala de aula.

Tenho uma confissão a fazer: estive igualmente em Harvard, em várias ocasiões, como palestrante, professor convidado e pesquisador afiliado. Certa vez, minha passagem por lá coincidiu com a época em que se passa o enredo da vida estadunidense de K. No entanto, minha experiência foi enormemente distinta da protagonista: tanto que não me tornei um personagem que interatua com ela, talvez por meu maior grau de antissociabilidade, ou quem sabe por chegar lá já sendo professor, e não estudante ou pós-doutorando, ou ainda por não ter na época o mesmo afiamento e agudeza crítica da narradora. Ou melhor, minha experiência em Harvard não foi totalmente distinta, pois experimentei meus momentos de síndrome de impostor, contrariando o postulado de K: os homens negros, ao menos, também podem sofrer desse mal. Conheci muita gente intelectualmente interessante lá, é verdade, tive várias trocas de conhecimento com algumas das figuras reinventadas em *Uma impostora em Harvard*, e conheci inclusive o seu autor. Terminei até, pouco depois, dirigindo um filme sobre Fux: *Ménage Literário*, posteriormente publicado em livro/DVD contendo ensaio crítico de minha autoria. Tudo isso, porém, não invalida a visão elaborada pelo mesmo Fux através de K. E, principalmente, não apaga o fato de que já não pairam por lá figuras como Jorge Luis Borges, Henry David Thoreau, William S. Burroughs ou T. S. Eliot. De fato, na já tradicional Brazil Conference, organizada por estudantes de Harvard e do vizinho MIT, uma das palestrantes do ano 2025 é ninguém menos que Sabrina Sato. Para a posteridade, cujos leitores podem não estar familiarizados com os famosos de nosso tempo, deixo aqui um trecho de sua pequena biografia divulgada pelos organizadores do evento: "Sabrina Sato é sinônimo de carisma, autenticidade e versatilidade. Com mais de 20 anos de carreira, conquistou o público e se consolidou como um dos maiores nomes do entretenimento brasileiro."

Outro ponto interessante da presente obra de Fux foi a escolha de inserir outra personagem, a Dra. M. K. Essa profissional analisa, em vários sentidos do termo, a narrativa construída por K. Creio que a Dra. M. K. contribui com seu tom de seriedade à própria autodepreciação disfarçada pelo tom humorístico de K. A protagonista, pelo menos em um nível superficial, não se leva muito a sério, com tudo o que isso carrega de positivo e negativo. Obviamente Fux é um filho da psicanálise, o leitor o percebe. A coragem do autor é desvendar-se em público através de K, fazer dos seus romances uma sessão de análise de portas abertas, em que tudo o que é falado pode ser escutado por quem está fora da sala. Em outras palavras, há muito de Fux em K, e vice-versa. E talvez para se proteger desse desnudamento público de sua psique, Fux se utilize das passagens cômicas. O texto, finalmente, trata-se de uma espécie de obra *à la* Charles Bukowski, um Bukowski mais erudito e feminino, em que o transe da bebida alcoólica foi substituído pela embriaguez da imaginação literária. Porém, é a

Dra. M. K. que, como uma boa analista, escuta e rebate, sugerindo que as palavras, por mais descompromissadas que possam à primeira vista parecer, carregam um significado profundo.

Nesse espaço de "vencedores", a protagonista impostora escreve uma "história apócrifa de Harvard", que a princípio pode parecer a narrativa de uma derrota. O livro de Fux é, no entanto, isso, mas mais do que isso. Pois justamente o apócrifo torna-se mais frutífero que o oficial: gera mais interesse e contribui com outras explicações. Com Fux e sua protagonista-narradora, não temos um relato institucional de Harvard nestas páginas. Ainda bem. Seria mais um ato contribuinte para os anais propagandísticos ou os rankings sem sentido que mais uma vez a colocariam como a melhor instituição de ensino do mundo. O que se lê é uma visão marginal, de uma pessoa que, mesmo estando lá, nunca se integrou: talvez por ser brasileira. Assim, o primordial de K não consiste no fato de que ela tenha passado pelos cursos de boas maneiras sexuais e amorosas, pelos cursos de bem-pensar intelectual, pelos cursos de como se portar em público, mas que tenha de certa maneira falhado. Ela foi, queiramos ou não, rejeitada. No entanto, essa rejeição é quase que um prêmio ao final. Vejamos: a carta de Bhabha é, em realidade, uma afirmação: "na verdade, a Sra. é uma escritora de ficção" — desdenha o catedrático. Pensando bem: K ganhou talvez seu maior reconhecimento até então. Foi reconhecida por Harvard como tendo uma profissão. A posteridade, sempre a posteridade, tendo a pensar, se lembrará mais dessas e outras histórias apócrifas do que dos quilos e quilos de artigos e livros dos "campos de pesquisa" da moda.

Rodrigo Lopes de Barros é um crítico cultural, cineasta e escritor. Doutor em Literatura Hispânica pela Universidade do Texasem Austin. Exerceu várias funções acadêmicas, incluindo a de professor assistentede Estudos Latino-Americanos na Universidade de Boston, e também foi pesquisador afiliado em Harvard. Recentemente publicou o livro *Distortion and Subversion: Punk Rock Music and the Protests for Free Public Transportation and Brazil (1996–2011)*, pela Liverpool University Press. Como cineasta, dirigiu os documentários *Chacal: Proibido Fazer Poesia*, pelo qual recebeu o Prêmio de Mérito Cinematográfico da Associação de Estudos Latino-Americanos (LASA), e *Ricardo Aleixo: Afro-Atlântico*, vencedor do Prêmio Pierre Verger de Filme Etnográfico concedido pela Associação Brasileira de Antropologia. Lopes de Barros também dirigiu o híbrido *Ménage Literário: Uma Investigação sobre a Escrita de Jacques Fux*, que foi publicado como livro/DVD trilíngue no Brasil, e o curta-metragem de ficção *O Corpo*.